Mi corazón que baila con espigas

Colección Autores Españoles
e Hispanoamericanos

Carmen Rigalt

Mi corazón que baila con espigas

Finalista Premio Planeta
1997

PLANETA

© Carmen Rigalt, 1997

© Editorial Planeta, S. A., 1997
Córcega, 273-279, 08008 Barcelona (España)

Realización de la sobrecubierta: Departamento de Diseño de Editorial
Planeta

Ilustración de la sobrecubierta: fragmento de «Sus miradas me sonríen»,
de Ouka Lele, 1984

Primera edición: noviembre de 1997
Segunda edición: noviembre de 1997
Tercera edición: noviembre de 1997

Depósito Legal: B. 47.329-1997

ISBN 84-08-02081-1

Composición: Foto Informática, S. A.

Impresión y encuadernación: Cayfosa

Printed in Spain - Impreso en España

A mis tres hombres

PRIMERA PARTE

Estaba terminando de maquillarme cuando ha llamado Leo. También es casualidad. Salvo que haya quedado para comer fuera de casa, los domingos no me arreglo en todo el día. El abrazo del camisón en el cuerpo, la sensación de la piel tibia, los muslos pegados, y sobre todo, el vago y persistente deseo de regresar a la cama, me incitan a permanecer así durante horas. Ya sé que es poco higiénico, pero me gusta. Mi estado natural es el desaliño: la bata mal abrochada, el camisón a rastras o, como mucho, una túnica holgada cuyo dobladillo está siempre descosido porque suelo pisarlo en mi constante subir y bajar las escaleras de la buhardilla. Madre solía decir que soy un desastre y ahora lo digo yo también: soy un desastre. Pero esta mañana terminaba de maquillarme cuando ha llamado Leo. Es como si alguna fibra remota de mi cabeza lo hubiera presentido. Hacía bastante que no sabía nada de él. Y él no sabía nada de mí. Cuando he descolgado el auricular y he oído su voz algodonosa abriéndose paso entre las brumas de la larga distancia, he sentido un pequeño acceso de contrariedad, como un leve malestar que partiendo de la tráquea se ha dispersado por el cuerpo en dirección a los brazos y las piernas. Creo que también he notado el pulso de la sangre en las muñecas. Quizás fuera sentimiento de culpabilidad, porque Leo me hace sentir culpable aunque en su voz no haya el mínimo atisbo de reproche. Ahora me tocaba llamar a mí y él se ha adelantado. Leo siempre llega cinco minutos antes de todo, especialmente cinco minutos antes de que llegue yo. Eso me fastidia.

Estaba aún en el cuarto de baño y acababa de depositar junto al lavabo el perfilador de labios, que se ha deslizado por el mármol y ha caído al suelo. Clac. Me pasa siempre. Todos los lápices están despuntados de tanto caerse. Me había agachado a coger el perfilador cuando ha sonado el teléfono (siempre voy con el teléfono portátil a cuestas, y a veces sucede que lo dejo abandonado en un rincón de la casa y tengo que seguir el rastro de la llamada para localizarlo). Esta vez ha sonado cerca, y al cogerlo he visto que estaba un poco mojado porque le había salpicado el agua de la ducha. Hola, ha dicho Leo después de comprobar que mi voz era efectivamente mía. Antes, cuando estaba más enamorado —y cuando yo también lo estaba, pues lo de ahora más que enamoramiento es obcecación—, sus palabras siempre iban precedidas de enormes silencios, y yo pensaba que lo hacía por mortificarme. Hola, ha repetido arrastrando la última vocal. Leo es así. Llama y espera. Luego dice una o dos palabras, como si quisiera tantear mi estado de ánimo a través de sus entrecortados silencios. Hola, he contestado yo fingiendo alegrarme un poco. Su voz me ha llegado entonces limpia y próxima, sin sonidos etéreos, y cuando a continuación le he preguntado dónde estaba, no he oído el eco de mi propia voz como sucede siempre que me llama desde el otro lado del mar. Me ha invadido un sudor frío, intermitente, y el miedo se ha apoderado de todas mis terminaciones nerviosas.

No podía creerlo. Leo estaba aquí. Dios mío: aquí.

He tenido que acompañar a Marius al médico. Otra vez el asma se ceba en su cuerpo. Me angustia su fatiga, la pesadumbre que vence sus movimientos de adolescente, ese pitido punzante que le suena entre palabra y palabra como si tuviera un alambre atravesado en los pulmones. Marius me preocupa. A veces pienso que los médicos, lejos de aplacar su alergia, le han desbaratado el organismo. En primavera, viéndole tan vulnerable, siempre con los ojos llorosos y la respiración dificultosa, parece un muñeco a punto de romperse. Lo digo sin exagerar. No quiero que detecte mi preocupación, ese estado de ánimo vigilante al que me arrastran sus achaques, pero es difícil disimularlo. Marius siempre ha sido un chico especial. Entre todos hemos fomentado su fragilidad, mejor dicho, su engañosa fragilidad, pues luego vamos al médico y resulta que todo es una falsa alarma; entonces yo sufro un gran bochorno y no me atrevo a levantar la cara de la vergüenza que me doy. Al médico le insinúo que ya me lo imaginaba, es decir, que ya me imaginaba que se trataba de una alarma tonta, pero no es cierto. Cuando llevo a Marius al médico siempre me pongo en lo peor. Forma parte de mi naturaleza sufridora y catastrofista. No ponerse en lo peor es como no ponerse. Naturalmente esto que siento tiene una explicación lógica para todo el mundo: Marius es hijo único y acapara todas mis angustias. Siempre he tendido a exagerar sus problemas y a vivirlos como una prolongación de los míos. Cuando lo tuve, hace diecisiete años, me invadió una profunda desazón. De pronto la idea de su existencia fue totalizadora, asfixiante. El bebé se desgajó de mi cuerpo y yo me sentí dividida, extraña, sin autonomía para dirigir mis propios movimientos. Es como si hubiera crecido algo extraño fuera de mí, algo de lo que nunca lograría desligarme. Una especie de brazo nuevo, un apéndice que, sin ser del todo mío, me pertenecía. Desde ese momento tuve la impresión de que jamás volvería a recuperar mi unidad física. Me fastidia reconocerlo, pero durante diecisiete años la maternidad me ha impedido ser libre.

No ha resultado fácil convencerlo porque esta tarde había quedado con sus compañeros para jugar a baloncesto y no estaba dispuesto a sacrificar sus planes. Pero yo tampoco estaba dispuesta a aplazar la cita y, además, una sobredosis deportiva no me parecía prudente en su estado. Marius siempre tiene pretextos para desembarazarse de las responsabilidades. Patín, cine, baloncesto, todo menos apalancar el culo en una silla y mirar un libro, siquiera por encima. Este año el tutor me ha llamado tres veces para quejarse de su escaso rendimiento en clase. Me siento impotente. Se lo he dicho al propio Marius utilizando distintos tonos. Cuando intento ha-

11

cerle entrar en razón me mira con una suerte de obnubilación espesa, como si las palabras se quedaran flotando y no lograra atraparlas. Esa actitud suya —si no le conociera diría que es autista— me saca bastante de quicio. Lo que más me enfurece, con diferencia, es que ni se moleste en rebatirme. Incluso le da pereza hablar. Se aleja arrastrando sus zapatones del cuarenta y dos por el pasillo mientras yo, detrás de él, farfullo consignas mitineras sobre la responsabilidad y el número de camisetas diarias que echa a lavar, consignas que se estampan contra las paredes y rebotan en mis propios oídos. Seguramente es un problema de vagancia. Prefiero creerlo así. Ya sé que la vagancia es el clavo ardiendo de todas las madres ingenuas, pero yo no le encuentro otra explicación. Si Marius no es tonto, sólo cabe pensar que es vago. En realidad a mí nadie me ha dicho que mi hijo sea tonto —ojo: tampoco me han dicho que no lo sea—, de modo que por lógica habré de concluir que es vago. A Marius le cuesta un triunfo arrancarse, el simple gesto de alargar un brazo para coger algo que está a su alcance le supone un esfuerzo mayúsculo. Cuando se sienta en el sofá no dobla el cuerpo sino que se desploma sobre él como un fardo y los cojines salen disparados en todas las direcciones. Yo me paso el día recogiendo cojines del suelo. He probado a chutarlo con vitaminas, con ginseng, con energizantes de todo tipo, pero no hay manera. Está permanentemente con la mente floja, desvaída. Le cansa pensar, le cansa hablar, le cansa hacer. Le cansa vivir, en una palabra.

Otra vez, con la llegada del buen tiempo, sus medicinas se amontonan en el vasar de la cocina. El pulmicort, el polaramine, el cacharro de los aerosoles, que se lo compré hace un año y sólo lo ha usado un par de veces. Marius es así. Empieza las cosas y luego las deja a medias porque se aburre. Hasta *Rocco* se lo reprocha con la mirada. El pobre es el primero que lo sufre. Todas las noches Marius pone a prueba la incontinencia de *Rocco* y terminamos en trifulca. Parece que lo estoy viendo. *Rocco* se sitúa junto a la puerta, mira fijamente a Marius con la cabeza ladeada y unos ojos que casi lloran, y comienza a lanzar aullidos intermitentes para conmoverlo. Y nada. Algunos días se lo hace ahí mismo. El pis, claro. A veces he deseado poner un árbol de urgencia en el descansillo para aliviar su premura. Marius sólo busca a *Rocco* cuando se va a dormir. Lo sube a la cama, encima del edredón, y luego no hay forma de quitar los pelos. También eso se lo afeo porque creo que los pelos de *Rocco* le hacen un flaco favor al asma. Pero Marius prefiere respirar torpemente, castigarme con ese silbido amarillo que le brota entre sus mal hilvanadas palabras. El médico me ha recomendado que olvide un poco al chaval y deje de analizar sus reacciones como si fuera un bicho raro. Que el asma la tengo yo en el corazón. Puede que no ande desencaminado: el asma en el corazón. Pero si yo le contara. Esta tarde, después de llegar de la consulta, Marius ha salido con los amigos. Como tenía prisa, ha tirado al suelo su mochila y la bolsa de deportes. Había logrado convencerlo para que no jugara el partido de baloncesto y, contrariado, ha plantado la bolsa en medio de la cocina, como si fuera una bolsa del Pryca. No he tocado nada. Tal cual lo ha dejado todo, tal cual lo encontrará. Me he tumbado en el sofá en plan despatarrado y me he puesto a comer nueces. Las persianas estaban bajadas y por las rendijas se colaban pequeños rayos de luz harinosa, con muchas partículas de polvo flotando. El cuerpo se me desmayaba solo y me he quedado dormida, como cuando la protagonista de una novela está sola y se duerme entre las páginas. Al despertar casi había anochecido. No había apenas luz, ni partículas de polvo, y en el paladar conservaba el sabor áspero y marrón de las nueces. Me ha costado recordar que estaba sola en casa, que debían de ser las siete de la tarde y que me había hecho el propósito de trabajar un poco en el folleto gastronómico que me ha encargado la agencia. Intentaba recuperar mi existencia mientras sonaba insistentemente el teléfono al otro extremo del salón. He debido soñar que alguien se levantaba a cogerlo, porque he permanecido quieta y su sonido ha seguido hiriendo mis oídos. Cuando he querido reaccionar ya había saltado el contestador. Entonces me he incorporado sacudiéndome la falda, que estaba hecha un borruño, y he tropezado con la esquina de la mesita. Tenía el brazo entumecido por la inmovilidad del sueño y en el bajo vientre notaba una vaga sensación de deseo, ese latido pastoso y ligeramente húmedo que procede de un sueño con equis de sexo. Según me acercaba al teléfono oía una voz como azul grabando un mensaje. He pulsado la tecla del rebobinado dispuesta a escuchar la grabación sin ganas. El cuerpo se me ha tensado en unos segundos. Marius estaba retenido en unos grandes almacenes. Mierda: acababan de pillarlo robando compacts.

Me gusta hablar por teléfono. Mucha gente sostiene que hablar por teléfono es un vicio esencialmente femenino. Sin ir más lejos, lo sostiene Ventura. Cuando Ventura llega a casa y me encuentra enganchada al auricular, sufre un rapto de decepción, una especie de turbamiento que, a juzgar por la expresión de su rostro, es como un retortijón en las tripas. Ventura odia el teléfono, siempre lo ha odiado. En el fondo le encantaría ser ejecutivo para decir a todas horas que está reunido. Cuando él marca un teléfono, le da comunicando, o no contesta, o el abonado ha cambiado de número. Yo creo que tiene gafe. Esa disposición a la contrariedad le trasciende y alcanza a todo lo que le rodea. Si fuera por él tendríamos un teléfono con silenciador, o incluso no tendríamos teléfono. A veces, cuando estoy hablando y oigo el chasquido minucioso de sus llaves en la cerradura, corto la comunicación y hago ver que me ha pillado leyendo. Ventura es cabreante. Me coarta la libertad de expresión, me impide ser espontánea y manifestarme con naturalidad, no le gusta que derroche palabras, que derroche línea, que derroche cotilleos a media voz. Pero hay cosas que sólo existen por teléfono. Las largas y tupidas confesiones de madrugada, por ejemplo. Con mi hermana Loreto nos tiramos horas repasando las vidas propias y ajenas. Es uno de los ejercicios más saludables a los que puede dedicarse una mujer en sus ratos libres. Ese menudeo por los sentimientos proporciona una sensación vivificante, reparadora. Loreto me cuenta sus penas laborales y yo le cuento las mías, pero Ventura no lo entiende: él es incapaz de explayarse en palabras y su mejor manera de demostrarlo es haciendo terrorismo doméstico. Los domingos se levanta antes que yo, desconecta el teléfono y pone ópera muy alta, hasta que consigue despertarnos a todos. Yo estoy acostumbrada a abrir el ojo con los bufidos de Norma. Llego a la cocina y encuentro en el fregadero su taza del desayuno, su plato, el cuchillo embadurnado de mermelada y el cazo con la leche incrustada en los bordes. Qué trabajo le costará, pienso, pasarle un agua y meterlo todo en el lavavajillas. Si se toma la molestia de ser ordenado, que lo sea del todo. Otra cosa son los periódicos. Normalmente no tenemos problema porque él suele levantarse primero, pero si alguna vez me adelanto yo y cojo la prensa del descansillo, se siente frustrado. Estrenar el periódico del día es como estrenar una barra de pan caliente. A veces se lo digo y sonríe un poco bajo el bigote, como dándome la razón. En realidad lo digo con segundas. Años atrás, cuando hacíamos el amor por la mañana, recién despertados, Ventura siempre murmuraba que mi cuerpo era como el pan recién hecho. Yo crujía entre sus poderosas caderas como crujen las barras tempranas, y él recorría mis músculos hasta que se desmigaban entre sus manos. Pero eso, ya digo, era hace tiempo. Ahora Ventura está pasando una de esas temporadas herméticas en las que yo creo interpretar un cierto desdén existencial, como si ya no esperara nada de la vida, de sus clases en la universidad, de su afición por la música, de sus largos encierros en la buhardilla, siempre repasando notas de conferencias, alucinándose con apuntes de sociología, con porcentajes y cosas que a mí me parecen obviedades, lluvia sobre mojado, redundancias, números y estadísticas. La otra noche, mientras me desvestía frente a él, se lo escupí a la cara: estoy casada con un porcentaje. Me desabroché con rabia la cremallera y la falda se deslizó hacia el suelo y se abrió como una berza. Saqué los pies de dentro, primero uno, luego otro, y quise levantar la falda con el empeine, pero no pude y tuve que agacharme a recogerla. Estaba enfadada porque en la cena con unos amigos Ventura se había pasado el tiempo mirando al infinito y desoyendo los comentarios de todos. Lo hace siempre que no le interesa una conversación: nubla los ojos y fija la mirada en ninguna parte, como si se hallara a solas con un remoto pensamiento que ninguno de los presentes tenemos derecho a compartir. Estaba, pues, enfadada y él lo sabía. Creo que incluso lo sabía desde antes de enfadarme, porque Ventura posee un poder mágico para detectar mis reacciones con antelación, de modo que nada de lo que ocurre en muchos momentos le es ajeno ni escapa a su órbita de control.

Seguramente él había deseado enfadarme y encontraba en ello una suerte de complacencia morbosa. Estoy casada con un porcentaje, dije, o sea, insistiendo en mi enfado, y él ni siquiera se dignó mirarme, puso esa expresión insondable y críptica que pone cuando empiezo a rabiar y no quiere hacer nada por evitarlo, y siguió desvistiéndose maquinalmente, con un apunte de sonrisa cínica en los labios, así que todavía me enfadé más y estuve a punto de salir corriendo hacia el baño para encerrarme a llorar. Pero me contuve. Hace tiempo que no lloro y sólo me encierro en el baño cuando estoy demasiado triste y pienso que no merezco vivir. Sentada en el borde de la bañera, noto la frescura del mármol en los muslos y toda yo me derrito por dentro como un azucarillo, así durante mucho rato, hasta que a fuerza de chirriar con llanto e hipos caigo en la cuenta de que estoy premenstrual, entonces me incorporo para mirarme al espejo y me asusto con mi cara de bruja.

Muchas lágrimas he derramado por Ventura en los diecinueve años de matrimonio, lágrimas que con frecuencia no han hecho sino reafirmarle en su silencio de hombre encastillado, porque Ventura se crece ante mi debilidad, calla y no otorga, más bien se parapeta en su espacio vital, que es un espacio reservado, y desliza sucesivas miradas que me producen escalofríos en la columna. A veces va y dice cosas aparentemente inconexas, palabras que a mí se me antojan metáforas y que me vuelven loca porque no logro interpretarlas. Ventura es raro. Para ser sincera, me gusta que sea raro, pero no tanto. A veces sueño que lo quiero, y lo paso tan mal dentro del sueño que cuando me despierto empiezo a sospechar que estoy irremediablemente enamorada. Sueño, por ejemplo, que llego a casa sin llaves y que no puedo entrar, entonces llamo con insistencia al timbre, pero Ventura está embutido en los cascos escuchando ópera y no me oye. Otras veces me cruzo con él en el sueño y no me ve, aunque yo le hago señales con la mano delante de la cara, como si quisiera espantar una mosca. Sus ojos líquidos me atraviesan, pero no reparan en mí: me desconocen. Ventura se mira siempre hacia adentro, en dirección a ese espacio melifluo y borroso que está siempre ocupado por sus propias sombras. Yo navego entre ellas con precaución asustadiza y timorata. Camino de puntillas para no estorbarle, pero él acusa la intromisión y se rebela. Creo que no me equivoco cuando pienso que Ventura sólo se ama a sí mismo.

Ese temor fue lo primero que me sobrecogió al conocerlo. Ventura entraba y salía de mi vida con sigilo, procurando borrar todas las pistas de sus pasos, revoloteaba a mi alrededor sin traspasar jamás mis contornos, y si cedía a la tentación del coqueteo, en seguida se apresuraba a dar marcha atrás, cerrándome la posibilidad de cualquier ilusión. Cuando por fin sentí la certeza de su acoso, supe que me aguardaba mucho sufrimiento, y una sensación premonitoria de impotencia se instaló en todas mis vísceras. Ventura me amaba, pero no quería amarme.

Coincidimos en un viaje que habían organizado unos amigos y desde el primer momento se estableció entre los dos una grata sensación de complicidad, un cosquilleo intelectual deshabitado de palabras. Era el tira y afloja de los amores que están destinados a martirizarse mutuamente. El último día del viaje deslicé un papel por debajo de la puerta de su habitación con una frase de Cesare Pavese y esperé pegada al teléfono un acuse de recibo. Pero Ventura no llamó, y a la mañana siguiente tampoco ocupó su lugar habitual en el desayuno, yo creo que ni siquiera deseó verme, se escabulló con modos silenciosos, y al llegar a la estación, ya en casa, me apartó del grupo y se despidió diciéndome: «Me das miedo, Fidela.» Pero Ventura no tenía miedo de mí, porque yo estaba como parada en una esquina viéndole pasar. Ventura tenía miedo de sí mismo, de amarme más allá de lo que su razón pudiera aconsejarle. Y así fue durante mucho tiempo. Me amaba y me temía alternativamente, me buscaba y me apartaba, desaparecía para volver a aparecer con bríos nuevos, luchaba por expulsarme de su vida y regresaba siempre a mi orilla torturándome con sus malditas inseguridades. Nunca me habló de amor, ni siquiera cuando ya era un sentimiento irremediable entre nosotros. Hablaba de ópera, de porcentajes, de libros, de las películas de los hermanos Marx, y todo lo acompañaba con un aire indolente, como si quisiera dejar constancia de su desdén hacia el mundo, de su necesidad de mantenerse firme frente a los afectos o incluso frente a mí, que lo amaba pese a ser tan rara como él y tener las mismas necesidades de rebeldía.

Tiré la falda sobre la cama e intenté llamar inútilmente su atención. Como otras veces, no me hizo caso. Me enzarcé en una discusión estúpida conmigo misma, farfullé un deslavazado monólogo de frases absurdas que sonaban mal a mis propios oídos y que una vez pronunciadas hubiera deseado borrar con una spontex. Ventura no se dignaba dirigirme la mirada, mantenía esa actitud lacia y desinteresada que tantas veces he visto reproducida en Marius al hablarle de estudios o quejarme porque siembra su cuarto de camisetas sudadas. Ventura llevaba el cepillo de dientes en la mano cuando clavó sus pies en el suelo, volvió de pronto su rostro hacia mí y con una irreprimible carga de desprecio me dijo lo que me dijo. No pude responder. Me subió un golpe de sangre a la cara, un sofoco cegador, y la habitación se volvió nublada, como cuando te mareas y el mundo desaparece de tu vista. El corazón me latió con una fuerza desacostumbrada y las piernas empezaron a flaquearme por la parte interna de las rodillas. Ventura jamás había ido tan lejos. Fue entonces cuando decidí odiarle.

El primer día que me acosté con él todo quedó un poco raro. No fue aquí. Debo advertirlo porque yo casi nunca me acuesto aquí, por si acaso. Prefiero los lugares sin referentes, las ciudades sin nombre, esos hoteles que no me recuerdan a nada y donde puedo entrar y salir del ascensor sin pensar que de un momento a otro voy a tropezar con mi vecino. Aquella ciudad me pareció como desvencijada, aunque ahora que lo pienso seguramente me pareció desvencijada porque el hotel estaba en las afueras y el taxista, para atajar, atravesó un barrio donde había muchas naves industriales repetidas, unas al lado de las otras, todas grises y opacas. Aquello me sonó a novela en blanco y negro, así que cuando llegué al hotel tenía el cuerpo como lleno de hormigas y casi no podía creer que la vida me estaba pasando a mí.

Lo primero que hice fue correr las cortinas. Siempre lo hago al llegar a cualquier hotel. Corro las cortinas y, de espaldas a la calle, me construyo un universo propio, idéntico al que ya he conocido en otros hoteles de otras ciudades: el minibar, la tele, la mesilla de noche, la colcha de un color que no recuerda a ningún color, el cuadro que no recuerda a ningún cuadro, y el baño con su cesto rebosante de caprichitos, el gel, el *body lotion*, el champú, la crema suavizante. Si los tarros son bonitos y tienen formas caprichosas me los llevo. Antes clasificaba los hoteles en función de las puñetitas que ponían en el baño, pero desde que he dejado de coleccionarlas casi ni me entero. Aquel día me abstuve de tocar nada, no fuera que él me tomara por una vulgar choriza o, lo que es peor, por una hortera poco viajada. De modo que me quedé mirando la cestita, algo pobre en comparación con otras, y la toallita, y el papel higiénico que estaba doblado en pico como un sobre de correos, y no toqué nada. Eché un vistazo al espejo y el espejo me devolvió una imagen extraña que sin duda era la mía. Pero yo estaba bien, y el hormigueo que sentía en el cuerpo se trataba de una manifestación de deseo normal y corriente. Encendí un pitillo y me senté en una esquina de la cama, a esperar junto al teléfono. Seguro que cualquier mujer en mi lugar hubiera adoptado una postura más interesante, pero a mí no se me ocurrió. Consulté el reloj y comprobé que todavía faltaban diez minutos para la cita. Diez o más, porque entonces yo no sabía si era un hombre puntual o si gustaba de dar plantones a sus amantes. Fumé, pues, convulsivamente (eso le hubiera parecido a cualquiera que me hubiera visto desde fuera) mirando de vez en cuando los recios cortinones que me separaban del mundo. Había conseguido olvidar cómo era la calle en la que me había depositado el taxista, si hacía sol y si de verdad las palmeras se alineaban al borde del asfalto como había imaginado yo en mis sueños. Estaba viviendo en una estación sin vistas y sólo podía asomarme al espejo. En fin: me sentía arropada en ese pequeño útero de cuatro estrellas sin identidad, repetido, igual a otros úteros de cuatro estrellas sin identidad y repetidos. La única diferencia es que aquí iba a encontrarme con mi mejor amante extramatrimonial, le abriría la puerta y en seguida le ofrecería algo de bebida para salir del paso y disimular que íbamos a lo que íbamos. Aunque a lo mejor la bebida tendría que ofrecérmela él porque a mí me temblaría el cuerpo bajo la carcasa y sería incapaz de actuar con naturalidad. Es posible también que en ese instante yo prefiriera llamar al *room service* y pedir un café con leche para consolar el estómago. Qué distintas salen las cosas después de haberlas planificado mucho. Llevaba en la maleta un conjunto de noche que me había comprado en Estados Unidos, un conjunto verde rabioso (con un agujero a la altura de la cadera producido por la quemadura de un cigarrillo) y no iba a encontrar el momento de ponérmelo. Hay días en los que todo ocurre al revés, y ése era uno de ellos.

No sonó el teléfono. Tenía la mirada clavada en él pero no sonó. Oí un golpe tímido en la puerta, el típico golpe clandestino, de nudillos flojos, y suspiré. Creo que también tuve miedo. Había deseado mucho el encuentro, pero de pronto me sentí aturdida, sin capacidad para alegrarme. Él llegaba a la cita puntualmente —las seis y media de la tarde, ni un minuto más, ni uno menos— y eso, en lugar de satisfacerme, me confundió un poco. Quizás aquel hombre me deseara más de lo que yo estaba deseándolo a él. Como idea no me desagradaba, pero no supe valorarlo. Su cara me pareció descolorida, y sus ojos, bajo aquella frente que el primer día se me había antojado orgullosa, estaban tan asustados como mis ojos. Nos habíamos hablado tres veces, y la necesidad de establecer una relación urgente se había impuesto a todo. Vestido de calle era otro hombre. Ni peor ni mejor: distinto. El uniforme que llevaba cuando nos conocimos disimulaba sus adiposidades prematuras, pero así parecía más joven, y el jersey de cuello vuelto le daba un aire de viejo existencialista francés, una especie de Yves Montand con más kilos. Un mechón corto y mal recortado le caía sobre la frente, acaso para ocultar alguna entrada en el pelo. Tenía las manos cuadradas, poco elegantes, y unos labios que destacaban furiosamente en el conjunto del rostro, con la comisura como tatuada. Las líneas de su boca fueron lo primero que reconocí de él. Las vi sin mirarlas porque me salieron al paso bajo la luz tibia del pasillo. Sin embargo, con toda la reciedumbre a cuestas y aquella boca que ardía bajo sus perfiles, yo creí adivinar una vaga expresión de perro triste. No me cogió por la cintura ni me dio un beso de tornillo ni me tumbó sobre la cama para rasgarme la falda ni me dijo que no podía vivir sin mí. Fue todo confuso, un poco torpe, y hasta que no lo vi reír con su alegría chillona no supe que realmente estaba con el hombre que tanto había querido estar. Extrajo del bolsillo exterior de su chaqueta un pequeño paquete que tenía la envoltura muy arrugada y lo abrí. Era un pañuelo de seda, con dibujos de cadenas de colores, inspirado en esos famosos pañuelos de cadenas y colores que tanto se habían llevado, y le di las gracias con un protocolo falso que apenas disimulé. No preguntó por la bebida. Se quitó la americana, que dejó tirada sobre un sofá, entró en el baño a orinar (yo oí el ruido) y se sentó a mi lado en la cama. Calló largamente y empezó. La primera vez que hicimos el amor quedó fatal. Yo lo veía todo con una lucidez desmitificadora, horrible, una lucidez que se impuso con crueldad durante las primeras horas de nuestro encuentro amoroso. Lo recuerdo desnudándose —no bebimos, y tampoco llamamos al *room service* para pedir un café con leche, todo fue como no hubiera debido ser, llegar y besar el santo—, y ahora me sobreviene su imagen desnuda, con calcetines. Desde entonces, cuando me he acostado con un hombre, he procurado mirar hacia otro lado mientras se quitaba los calcetines. No puedo remediarlo. Tengo sin embargo algunos paréntesis amnésicos de las horas que siguieron. Recuerdo unos paseos por el dormitorio —siempre en busca de cigarrillos—, los viajes al cuarto de baño, la imagen de una lámpara de pie que tenía el cuello de la pantalla torcido, y muchos sueños intermitentes. Yo me quedaba dormida y él me despertaba con abrazos y caricias. Volvíamos a hacer el amor como sonámbulos, y de nuevo yo me dormía con los brazos sobre su abdomen y mi sudor pegado a su sudor. Hasta que poco a poco todo cambió y fui yo quien empezó a despertarse y a querer despertarlo a él, buscándolo en todos los recovecos, murmurándole obscenidades, persiguiéndolo como un animal en celo bajo las sábanas. A la mañana siguiente volví a desearlo para desayunar y ese deseo fue creciendo y él me correspondió con una vitalidad casi sobrenatural. La imagen del hombre en calzoncillos quedó sepultada por nuevas imágenes: su sexo fuerte y erguido como un mástil, el desvarío de su mirada previa al orgasmo, esos rugidos que después habrían de enloquecerme tanto, y de nuevo mi voracidad, mis ansias, primero besándole las yemas de los dedos, recorriéndole la comisura de los labios con la lengua, cabalgando por su espalda, masturbándole con los pies, y al fin los inacabables tiempos de penetración, uno junto al otro, no encima ni debajo, así no me dolían los brazos, ni los riñones, ni se me enrojecían los codos ni me flaqueaban los músculos. Me decía frases disparatadas, elogios brutales, cosas que yo repetía porque a él le excitaban mucho y a mí me excitaba que le excitasen. Todo era de una lentitud jamás probada, nueva.

Entonces yo aún no imaginaba que el placer habría de llegar más lejos, y que juntos nos adentraríamos en profundidades tentadoras y peligrosas. Sólo cuando despertaba de aquellas acometidas brutales me parecía descender de otro mundo y trataba de buscar su mirada para enamorarme un poco y sentir la mansedumbre del silencio.

El ambiente de la habitación estaba cargado. Si fuera un poco romántica diría que olía a sexo, amor, tabaco, besos, a todo junto. Pero no quiero mentir. Olía a tigre. Llevábamos casi veinte horas encerrados allí dentro y el cuarto se había inundado de una niebla ácida y profunda. Nos azotó el hambre y decidimos salir para que arreglaran un poco la habitación. Entonces pensé en las camareras y me dio vergüenza. Mientras yo esperaba que terminara de ducharse, recompuse un poco la cama y vacié los ceniceros. Él recuperó cierta finura de existencialista. Con el pelo mojado me pareció que estaba muy atractivo y se lo hice notar. A partir de aquel día, donde quisiera que se encontrara, antes de acudir a una cita conmigo, se metía en un baño para empaparse la cabeza de agua. Era como una dedicatoria. También descorrí las cortinas y abrí un poco la ventana. No había palmeras en el trozo de calle que alcanzaban mis ojos. Cuando íbamos por el pasillo recordé que había dejado en la puerta el cartel de DON'T DISTURB. Volví sobre mis pasos, le di la vuelta y salimos juntos.

La luz del sol nos sosegó el alma, aunque no calmó nuestro apetito. Almorzamos en un pequeño restaurante de la ciudad vieja. En realidad no era un almuerzo, ni siquiera una merienda, pero conseguimos aliviar la necesidad. El cielo tenía el color del cobre viejo y en el aire flotaba un airecillo dulzón mezclado con ráfagas de neumático quemado. Nos servía un barbudo de espaldas gruesas que llevaba un mandil sucísimo. Sembró la mesa de pequeños platitos con ensaladas de pimientos y alcaparras, berenjenas, olivas negras, pasta de harina de garbanzos, y yo empecé a olisquearlos tratando de buscar un rastro de cilantro, que es una especia con la que estoy reñida. Hablé bastante de mí y él no habló nada de él. Sólo preguntaba, preguntaba tanto que a ratos tenía que mentirle para rellenar las respuestas. Me inquietó su escasa disposición a mostrar alguna parcela de su intimidad, y todavía ahora no acierto a comprender cuáles eran las razones que le inducían a preservarse. Le hubiera bastado con cumplir un trámite de despedida y quedar bien. No hacía falta que nos volviéramos a ver. Pero él me rodeaba con sus preguntas. Quería saberlo todo y cuando una explicación no le convencía, callaba y la línea de sus labios se tensaba como si estuviera jurando por sus adentros. Verlo así me ponía muy nerviosa. En un momento determinado dijo que yo me parecía a esas mujeres que salen en las películas francesas dentro de un coche, un día de lluvia —en las películas francesas es que llueve mucho—, con las escobillas moviéndose rítmicamente de un lado a otro del parabrisas. La mujer está detrás del cristal y el espectador siempre trata de adivinar lo que piensa. También él trataba de adivinar lo que pensaba yo, pero yo no pensaba nada, al menos nada especial. No se lo creía y por eso apretaba los labios.

Tenía un perfil como para dibujarlo a carboncillo. Recuerdo muy bien su perfil porque cuando íbamos en el taxi, minutos antes de que me abandonara, lo contemplé detenidamente para hacerlo mío. La frente se le prolongaba en la nariz de forma recta, sin curvarse nada en el entrecejo. Esa unidad entre frente y nariz eran más una característica racial que un capricho de su rostro, pero yo no lo sabía. La línea de su boca hacía juego con su mandíbula, que también tenía un trazo muy marcado. El mechón corto sobre el ángulo derecho de la cara, en justa simetría con una entrada prominente que le desnudaba el parietal por la parte izquierda, y cierta laxitud en las mejillas, le proporcionaban un toque de avejentamiento existencial mezclado con un aire de dejadez. Tenía cuarenta y un años, pero cualquiera le hubiera echado cinco o seis más. Era un hombre muy quemado, sin duda.

Me había pedido que me quedara todo el fin de semana y no aceptaba las razones de mi resistencia. Yo había desviado un viaje para estar con él, había tenido que cuadrar inventos, pretextos, escalas, billetes de tarifa ajustada, un montón de cosas. Y ahora pretendía que lo descabalara todo para pasar más tiempo encamados. Aquella sugerencia, que había empezado como un simple juego, derivó pronto en una discusión kafkiana, tensa, ilógica. Seguro que si hubiera sido yo quien se lo hubiera propuesto, nuestra relación hubiera terminado allí mismo. No conozco a ningún hombre que se crezca en el amor cuando se siente acosado. Todo lo contrario. Lo deja todo y huye. Además, nuestro caso era especial. Se suponía que nosotros no estábamos enamorados, o no lo estábamos tanto como para que cada uno adquiriera derechos sobre el otro. Supe que tenía mujer y tres hijos mayores y sospeché que escondía una vida complicada, o al menos una segunda vida. Me dio igual. Una vez, pasado el tiempo, le monté una desagradable escena de celos cuyo recuerdo todavía me atormenta, pero ese día me dio igual. Cuando íbamos en el taxi, de vuelta al hotel, le dije que me había decepcionado. A lo mejor no se lo dije con estas palabras, pero él lo entendió así. Estábamos ya enzarzados en una conversación imposible y tratábamos de ofendernos mutuamente. Aprovechó que el taxi se detenía en un semáforo, abrió la puerta y se bajó sin despedirse. El coche arrancó de nuevo y yo no volví la cabeza para mirarlo. Quise fingir dignidad, pero me sentí mal. Seguramente él se marchaba en dirección contraria, con las manos en los bolsillos, mientras dibujaba un rictus de tensión en la línea de la boca. Leo era así.

Loreto se separa. Loreto siempre había dicho que si una de las dos se separaba, ésa sería yo. Pero ahora se separa Loreto y dentro de mí siento como si una parte del amor también se me hubiera quebrado. Padre todavía no sabe nada. A padre le costará un disgusto gordo, porque él creía en el matrimonio de Loreto, tan aparente, tan formal, a la medida de los amores eternos. A mí también me costará un disgusto; de hecho ya llevo todo el día dándole vueltas y preguntándome por qué he tardado tanto tiempo en descubrir el secreto de mi propia hermana. Nuestras largas horas de confidencias, en estos meses, no han servido para aproximarnos y romper el distanciamiento de casi veinte años, desde que abandonamos nuestra habitación compartida en la casa familiar y ambas salimos hacia mundos opuestos. Loreto siempre ha sido muy distinta a mí, pero nunca la he envidiado. Ella heredó de la abuela ese gen de la abnegación en el que muchas mujeres de nuestra familia han edificado su vida. Loreto, como la abuela, nació para derrochar optimismo y entregarse a una vida plural, generosamente multiplicada en los demás. Pero Loreto se separa. El chino —a su marido siempre le he llamado el chino, por sus ojos rasgados bajo las gafas de miope— ya no volverá a imponer las comidas de fibra vegetal y a presumir con su trabajo de diseñador de llantas. El chino se ha esfumado. Loreto no cuenta por qué, pero se ha esfumado. La semana pasada, al llegar de un viaje que habían organizado juntos, Loreto encontró la demanda de separación. Así, sin más. Un viaje de placer y a continuación la ruptura. Ella se ha quedado como desnuda de vida y la pena transcurre por sus ojos todavía secos, fija la mirada de color moscatel, los hombros caídos, el regazo muerto, hasta que en un instante determinado vuelve en sí y desmenuza los nervios arrancándose con los dientes los pellejitos de las uñas. Las mujeres de nuestra familia están marcadas por la desgracia, decía la abuela con voz doctoral cuando contaba la historia de su madre, aquella primera Loreto que fue abandonada por el bisabuelo poco antes de morir de parto. Loreto es un nombre maldito. Todas las Loreto de la familia han pagado su maldición como pagaron las mujeres bíblicas el dolor de sus vientres horadados. Primero la bisabuela Loreto, que se desangró por abajo como en un valle de lágrimas rojas y afiladas. Luego la tía Loreto, cuya soledad constituye todavía hoy la pesadilla de todos, y ahora mi hermana, último eslabón de una cadena que estaba destinada a perpetuarse. Loreto no ha tenido hijos, no ha podido tenerlos, pero siempre ha ejercido su maternidad en todos los que la rodeamos. Su belleza es pedagógica, como es pedagógico su dominio del carácter, sus habilidades culinarias y su naturaleza expansiva y estimulante. Loreto quería estar enamorada del amor, pero se enamoró de un cretino y ahora no encuentra consuelo. Ella ha sabido que su marido la llamaba a menudo desde el aeropuerto fingiendo viajes urgentes, pero se quedaba en un hotel cercano con una mujer que a lo mejor no era una sola sino muchas distintas. Me pregunto qué verían en Fernando, el chino, todas las mujeres que no son Loreto. Lo pienso en voz alta mientras ella permanece con la cabeza entre las manos, abatida por la bofetada del abandono. El canalla de mirada viscosa y hablares prepotentes ha terminado dando la cara. Yo lo intuía. Era un hombre —y lo sigue siendo en alguna parte del mundo— falso, egocéntrico y cafre. Su final estaba escrito hace ya mucho tiempo.

Loreto llora ahora a trompicones. Está envuelta en un albornoz de rayas y se ha tumbado sobre mi cama con los pelos revueltos y húmedos. No la he acariciado, porque yo no sé utilizar las caricias como método de consuelo, sino que la he animado a seguir llorando hasta que su cara pareciera una bayeta estrujada. No me ha escuchado. El llanto le daba arcadas y yo he ido a la cocina a prepararle una infusión. Mientras se la ofrecía, sin dejar de remover el azúcar con la cucharilla, he vislumbrado en ella una expresión desvalida que no parecía suya. He sentido profunda lástima por Loreto, tan derrotada y nueva a mis ojos. No soporto a los débiles, nunca los he soportado, y ella se me antoja ahora como una mujer abierta de carnes, anulada y dependiente de mí. Loreto, que era la dama fuerte de la familia, busca refugio en mi abrazo y pide ayuda con un silencio que me pone la piel de gallina. Estamos quietas largamente, la una pegada a la otra, y los pensamientos me brotan en chorro, sin ningún concierto. Tal vez debiera pasarle la mano por el pelo, ayudarla a secarse, recomponer ese albornoz que deja al descubierto sus muslos, abrir la frazada de la cama e invitarla a acostarse. Pero no hago nada. Sólo siento su corazón en el muelle de mi brazo y dejo que transcurra el tiempo sin necesidad de conducirlo. *Rocco* araña la puerta porque quiere entrar en el cuarto. Ventura y Marius se han quedado en el salón, supongo que algo aturdidos por el impacto de la noticia. Loreto gimotea, poco a poco le fallan las fuerzas para llorar, su motor se agota como se agotan los muñecos de cuerda. Debería tratar de convencerla para que durmiera un poco porque el sueño es la mejor terapia: mientras duermes no existes, el olvido se apodera de la vida y el tiempo lo nubla todo, ansiedades, sobresaltos, miedos, rabietas. Sólo cuando te despiertas en mitad de la noche vuelves a recobrar la conciencia de las cosas. Tras unos momentos de indecisión aparece de nuevo el recuerdo, la lucidez del sufrimiento, y un dolor agudo, íntimo, se instala en las paredes del estómago. Saltas de la cama y con el frío de las baldosas pegado a las plantas de los pies corres hacia el baño en busca de un orfidal. Con un poco de suerte al cabo de un rato acaso vuelvas a dormirte. Es una sensación balsámica: regresar al sueño, a las profundidades del olvido, a ese claustro de la noche que te envuelve entre telarañas. Cuando Ventura y yo teníamos nuestras largas peleas de recién casados, las noches eran convulsas y yo me pasaba el rato moviéndome en la cama y haciendo ruido para que él supiera que estaba despierta. Ventura siempre lo sabía, pero se fingía dormido y yo no soportaba su placidez, el ritmo acompasado de su respiración y sobre todo su necesidad de armonía y silencio. A mí me mataba el silencio, yo no podía conciliar el sueño porque estábamos enfadados y el desorden azotaba mis sentimientos. Después de mucho enredar conseguía despertarlo y lo incitaba a la discusión. Quería hablar y procuraba una aproximación, que siempre resultaba tortuosa, mordiente. En todas las peleas nos decíamos las mismas cosas, los mismos reproches, las mismas mentiras disfrazadas de verdades, las mismas verdades disfrazadas de mentiras, las mismas locuras, los mismos insultos, hasta que al final caíamos abatidos por el peso implacable del dolor, era ya madrugada y sobre la colcha se deslizaban las primeras luces del día. Entonces Ventura trataba de hacerme entrar en razón; mirando el despertador se lamentaba de las pocas horas que nos quedaban de sueño y acercaba mi cuerpo al suyo, lo encajaba como un puzle contra sus muslos y yo, hecha un cuatro, me entregaba al sueño, siempre de espaldas a él, sintiendo el abrigo amable de sus piernas y el tacto de sus pies calientes sobre mis pies fríos. Lo recuerdo bien: yo siempre tenía los pies fríos, así que el sabor de la reconciliación era térmico, dulce, y estaba íntimamente relacionado con la progresiva transmisión de nuestras temperaturas corporales. Cuando mis pies entraban en calor significaba que ya nos habíamos reconciliado.

Nunca le he hablado de estas cosas a Loreto. Ella no

sabe los problemas que tengo con Ventura, y tampoco conoce la existencia de Leo. Loreto y yo, estando tan unidas, nos ocultamos bastantes cosas de nuestras respectivas vidas. Ahora mismo yo no sabría distinguir los matices de su sufrimiento. Porque no es el desamor, sino la traición, lo que ha alborotado su alma. Está desorientada ante sí misma, incapaz de revisar sus ideas. No quiere terminar de llorar, hay en su tormento una suerte de masoquismo recién descubierto. Se siente degradada, infecta, y por primera vez en su vida, perfectamente imbécil. Debería hablarle de Leo, pero no me atrevo.

Han operado a *Rocco*. El veterinario le ha sacado un almendruco del intestino y dice que saldrá adelante, pero yo estoy paralizada a sus pies, vigilando esa respiración que se mueve rítmicamente bajo una mantita de Iberia. De vez en cuando abre los ojos para comprobar que sigo junto a él. Sus frágiles trece años están conectados a un gotero que le proporciona intermitentes dosis de vida. Por el tubo resbalan lágrimas de suero y yo lloro lágrimas como dátiles. Marius duerme en la habitación de al lado. *Rocco* siempre pasa las noches con él, pero hoy no tiene fuerzas para incorporarse. El sufrimiento ha prendido en mis músculos, el pulso me late con fuerza en las muñecas y los silencios de la madrugada repiquetean en todos los espacios de la casa. Es el dolor de la impotencia. Sé que *Rocco* tendrá que morir un día, pero no logro hacerme a la idea. Cuando llegó a esta casa, Marius tenía cinco o seis años y nuestra existencia era agitada, vivíamos dependiendo de las *baby-sitters* y todo tenía un aire provisional, quebradizo. Resolvíamos las cosas sobre la marcha y salvábamos las emergencias como podíamos. Para terminar de arreglarlo, un día apareció Ventura con un pequeño cocker en brazos y a mí se me vino el mundo encima. Los dos primeros meses fueron confusos, *Rocco* elegía las alfombras para hacer pis y Marius lo perseguía por los rincones tirándole del rabo a ver si le crecía. No sé quién le puso *Rocco*, tal vez ya llegó a casa bautizado, porque ahora que lo pienso es como si hubiera existido siempre, incluso antes de nacer. *Rocco* ha sido una prolongación de nuestras propias vidas, un testigo mudo de los años que han pasado sin darnos cuenta, invierno tras invierno, esperando que Marius llegara del colegio para sentarse en la cocina junto a él y compartir alguna migaja de su merienda. Y luego los veranos, las vacaciones itinerantes por los cámpings, con él de protagonista insumiso, como aquel año, en Lisboa, que se fugó tras una perra en celo y nos pasamos la noche buscándolo. *Rocco* se escapa hoy lentamente, me lo dice con la mirada de la edad, unos ojos cubiertos por una telilla blanca que le impide ver mis lágrimas. Me he abrazado muchas veces a él como si fuera un osito de peluche, se ha revolcado conmigo en la cama, nos hemos mordido mientras jugábamos, pero ahora temo hacerle daño y sólo deslizo la mano por su cabeza, le acerco mi cuerpo a su olfato, quiero que sienta mi proximidad, mi olor, la ayuda de esos brazos que tanto le han rescatado del peligro. *Rocco* no tiene fuerza para quejarse y sus orejas, blandidas mansamente sobre el lomo, parecen dos manchas expropiadas de vida.

No quiero hacer una exaltación del dolor, pero sufro y lo noto en todas las cavidades de mi cuerpo. También me duele la espalda, aunque eso se deberá a la mala postura. Llevo dos horas sentada en el taburete sin apartar la vista de *Rocco*, los hombros me pesan y en el centro de la columna vertebral siento unos desagradables pinchazos que ascienden por la espalda hasta enquistarse en las cervicales. Necesito pasear por la habitación, fumar otro cigarro, desentumecer esa quietud que ha agarrotado mi cuerpo. Necesito también sacudirme de encima la obsesión de *Rocco*, agrandada ahora por el efecto absoluto de la noche.

Sobre la mesa he puesto las últimas cartas de Leo. De vez en cuando me distrae leerlas. A través de ellas puedo revivir la trayectoria de nuestras respectivas vidas en estos diecisiete meses de relación. Hay cosas que no logro recordar bien (tal vez he pretendido olvidarlas deliberadamente en algún momento) y que sólo él, con su apabullante memoria, logra sacar a flote. Algunas cartas son quejumbrosas, dolientes, otras en cambio contienen una dulzura incontenible, pero todas me transportan a ese mundo que ningún hombre ocupará jamás y que sólo a él le debo. Leo estimula mi memoria. A veces, cuando permanecemos abrazados en la cama, después de nuestras largas sesiones de amor, él con los ojos fijos en el techo y yo derrumbada de placer, la cabeza sobre su pecho y los párpados vencidos, me siento incapaz de entablar un diálogo y le digo muy bajito: «... A ver, cuéntame cómo nos conocimos.» Y me lo cuenta. No es una versión real, pero es la suya y a mí me gusta. Mientras habla me acaricia el pelo, primero hacia un lado, luego hacia el otro, por el flequillo, las sienes y la nuca, entonces cierro los ojos y me quedo en el borde del sueño.

Me encanta que me acaricien el pelo, salvo cuando estoy en la peluquería, pues en la peluquería me pongo nerviosa y quiero salir con el cabello a medio arreglar, como aquel día que monté el número porque se me subió una llamarada negra a la cabeza y tuve tanto miedo de volverme loca que di un brinco y dejé al peluquero con el secador en la mano. A *Rocco* también le gusta que le acaricie el pelo, pero cuando me ve con su toalla en la mano, el cepillo, el secador y el champú antiparasitario, corre a esconderse bajo un mueble y tengo que llevarlo a rastras hacia el baño.

Fidela: Me disponía a escribirte cuando escuché unos pasos taconeando en el asfalto. Era una misteriosa vecina que siempre vuelve tarde y que tiene la costumbre de pisar una baldosa suelta que hay a la entrada del edificio. Imaginé que eran tus pasos de novia altanera, el pantalón empezó a apretarme donde tú sabes y las fantasías impidieron que pudiera concentrarme en mi folio. [...] Amor, nuestro encuentro no fue fortuito: nos seguíamos el rastro sin saberlo. Somos como dos animales salvajes que se llaman en la espesura sin saber que se están llamando.

La fecha indica que la carta está escrita un mes y medio después de la larga noche de nuestro primer encuentro. Leo se hallaba entonces volcado en mí, me había pedido excusas por el desagradable incidente que precedió a la despedida —¿he dicho despedida?; miento, Leo y yo ni siquiera nos dijimos adiós con la mirada— y expresó su deseo de continuar una relación sin compromisos. Realmente no lo dijo así, porque al natural Leo habla tirando a raro, poniendo muchos puntos suspensivos en las frases, pero ésa fue mi interpretación. Y concluí bien, creo, porque nuestra relación, salvo en contados momentos de los que algún día daré cuenta, ha estado libre de presiones. La primera carta que recibí era disparatada y en ella Leo recreaba algunas sensaciones de la noche que pasamos juntos en el hotel. Lo recuerdo porque él se ha encargado de reproducírmelo en nuevas ocasiones. Decía que no necesitaba forcejear con la distancia para tenerme cerca, pero que echaba en falta mi olor y mi textura. Me produjeron tanto rubor algunas frases que nada más terminar de leer la carta rompí las hojas en mil pedacitos y las arrojé al váter. Fue una pelea terrible con las leyes de la física, porque vaciaba una y otra vez la cisterna pero algunos papelitos se quedaban navegando en la superficie, como si no quisieran ser engullidos por el agua. Me sentí ridícula. Antes siempre echaba al váter todas las huellas de mi vida inconfesable, pero ahora creo que las alcantarillas están llenas de detectives buscando pistas de la gente que arroja cartas y documentos secretos al váter. Nunca más he vuelto a hacerlo. Las siguientes cartas las guardé en libros, bien aprisionadas entre sus páginas, como cuando era pequeña y guardaba los billetes de cien pesetas que me ofrecía la abuela después de seducirla con malas artes. Los guardaba tanto que no los encontraba. Así me pasa ahora también. Leo está esparcido entre mis libros preferidos y a veces no lo encuentro, me cuesta reconstruirlo y releo las cartas para componer el recuerdo de una pasión que algunos días amenaza con desdibujarse.

Por eso, mientras velo a *Rocco*, que por fin parece haberse sumido en un sueño apacible y no necesita abrir los ojos para saber que continúo a su lado, saboreo esas parcelas íntimas de mi vida, igual que en uno de esos sueños en los que te desplazas de lugar en lugar, de situación en situación, sin saber cómo. La última carta de Leo es elocuente. No lleva fecha, pero podía haberla escrito en cualquier momento.

Fidela: por culpa de las líneas telefónicas ayer tuvimos que hablar a trompicones. Perdona si te dejé medio sorda gritando que te quiero, pero es una verdad a gritos. Para indemnizarte, ahora lo susurraré: te quiero. Siento en mi cuerpo síntomas de tu ausencia. Es una patología que se manifiesta en una mirada ausente, una enorme acumulación de ternura en la boca, de semen en los testículos y de testosterona en la sangre. Tu piel, en la distancia del recuerdo, me huele a humo. No a humo de tus cigarrillos sino de las fogatas con que los vinateros queman aquí las cepas después de la última vendimia. [...] No es justo que amándote tanto estés ausente. Por eso me rebelo. Perdona. Uno de mis defectos es no saber aguardar, máxime cuando la espera va acompañada de incertidumbre. Alguien me ha preguntado por qué estoy tan inquieto. La inactividad, he respondido yo. Cualquier cosa con tal de no descubrir lo difícil que es no tenerte después de haberte tenido. Mujeres hermosas hay muchas, pero las que he conocido son unidimensionales como los carteles de las películas. Detesto a las actrices de las películas. Marilyn Monroe parece de plástico, Kathleen Turner resulta de-

masiado grande, a Demi Moore decidí ignorarla desde que se afeitó el cráneo, y Madonna es sexy, pero un día se va a fracturar la pelvis de puro hacerse la provocadora. Tú eres distinta. A ti te basta con existir para despertar mis deseos.

Al principio no les daba importancia a sus declaraciones de amor. Estaba acostumbrada a que me quisiera (o, en todo caso, a que me lo dijera) como lo estoy a que los árboles den sombra. Lo que más me gustaba, sin embargo, no eran sus contundentes y hermosas confesiones amorosas, sino esos recorridos por la vida en los que yo siempre estaba a su lado compartiendo experiencias y sensaciones hasta entonces desconocidas para mí.

Fidela: he regresado de G. con una costra de barro en la suela de las botas. Voy a conservarla en el jardín porque es tierra sagrada de tu altar. (Existe un altar en G. que lleva tu nombre: se lo puse yo. Está en las afueras, muy cerca de un antiguo cráter que ahora es una pequeña laguna.) He pasado veinte días destacado ahí, trabajando de sol a sol y recordándote en las escasas horas de sueño. Eran muy agradables los paseos al amanecer. A menudo me detenía a golpear el suelo basáltico porque produce un sonido metálico muy curioso y cuando lo frotas con una esquirla de sílex suelta chispas casi imperceptibles.

Lo entretenido de vivir en G. es que te sientes dentro de una película y que en la mayoría de los casos uno mismo decide cuando cae el telón. Aunque estés lejos, tú también formas parte de esta película. Te llevé conmigo porque desde que te conozco no has dejado de acompañarme a todas partes. Estuvimos en

las calles polvorientas del barrio de H., con sus incesantes peleas
de perros y sus cardúmenes de niños macilentos que juegan a
ser héroes. Pero G. también tiene sus reductos luminosos, como
los naranjales o las pequeñas palmeras que hay junto a la
playa. Tú llevabas —sigo imaginando— gafas de sol, y yo te
pedía que te las quitaras porque me gusta ver el mundo refle-
jado en tus pupilas. Además, ya sabes que mi alma nace a la
orilla de tus ojos.

¿Te he hablado alguna vez de Joe? Es un viejo amigo con
el que me reencuentro esporádicamente y que me somete a con-
tinuadas sesiones de lirismo. Joe me torturó con su última des-
gracia. Nadie, salvo tu adorada Violeta Parra en alguna de
sus canciones, maldijo tanto el amor como Joe, frente al mar y
con el puerto como telón de fondo. Parecía que escupiera gui-
jarros. Pateaba la arena, se metió borracho en el agua —sin
quitarse la ropa— y recitó una letanía de improperios que se le
revolvieron como si fueran el latido de su propio eco. Toda una
ceremonia de exorcismo que acabó cuando el hambre, más fuerte
que el despecho, nos llevó a la panadería. En ese momento le
conté que tú existes al otro lado del mar, a lo que me respondió:
no me pidas que me solidarice contigo.

Las palabras de Leo me agitan las hormonas como
una batidora eléctrica. Antes de que él apareciera en mi
vida yo era como una de esas algas que el mar arroja a
la orilla. No quiero decir que fuera una mujer apaleada,
sino que me dejaba llevar, iba y venía sin ofrecer resistencia y tenía la voluntad atrofiada, o quizás no tenía voluntad, porque en mis cada vez más constantes discusiones con Ventura ya no mostraba deseo ninguno de

arreglar las cosas, y los demás, es decir, los hombres que no eran Ventura y cuya existencia terminaba cinco minutos después de empezar, ni siquiera podían arrogarse el privilegio de haber dejado unas iniciales en mi recuerdo. Con frecuencia me he preguntado si no habrá tras ese deseo de quemar aventuras un solapado deseo de venganza en nombre de muchas mujeres machacadas por las decepciones amorosas. Lo desconozco, como también desconozco qué opinarán ellos en su lugar. Cualquiera de mis ocasionales amantes pudo atribuirse el poder de haberme conquistado, y no seré yo quien les quite ahora la razón. Mi revancha consistió simplemente en olvidarlos hasta el punto de no reconocer siquiera sus nombres. Con Leo, sin embargo, todo había sido distinto. Leo iba más allá del amor. En él estaban contenidas muchas emociones juntas, la ilusión, el placer, la ternura, el ansia constante de sorpresa, el desquicie total y gozoso de los sueños.

Acabo de acercarme a la ventana para contemplar unas luces que resplandecen a lo lejos. Son bengalas de las que disparan los soldados cuando salen de maniobras. Iluminan el contorno de los cerros dando a los olivares un aspecto fantasmagórico. A ti te gustaría mucho ese efecto. Fidela, te quiero y te sueño. La otra noche te soñé con horquillas en el pelo, mejor dicho, ibas sujetando el pelo con las horquillas que tenías en la boca, como vi hacer no recuerdo a quién ni dónde. Lo habré presenciado en alguna película, o posiblemente en los prostíbulos de mi adolescencia, aquellos que tenían un local con muchas mesas donde se tomaba vino barato y empanada de carne.

Espero tu llegada ansioso. Ojalá entonces deje de soplar este viento que nos ahoga en arena. Hace un calor muy extraño, como el que se siente a través del cristal de un automóvil. Tu visita cambiará el régimen de los vientos y las mareas, estoy seguro. Vuelvo a rogarte que seas sincera conmigo y no te dejes avasallar por mi impetuosidad. No te tengo cerca para compensar con caricias todo lo que necesito decirte. Dondequiera que estés en este momento, recuerda que soy tuyo. A veces el deseo de ti es tan fuerte que he de masturbarme para seguir viviendo. [...] Fidela, me has convertido en un animal rabioso. Quiero dormir, pero tu imagen traspasa las paredes, y ese aroma tuyo que a veces me desbarata la cabeza, vaga por todas partes como un fantasma. Me gustaría arrastrarte a mi escondite secreto para beber tu sexo, penetrarte durante seis horas seguidas y acariciarte el alma a suspiros. Nadie se ha revolcado en un saco de dormir tan febrilmente como yo: el loco que escribe tu nombre en cinco árboles diferentes. Desde que te conozco todo me sabe a sucedáneo y pienso que el resto de mujeres son impostoras. Me gusta querer de ese modo. Seguramente es mi única forma de querer. Cuento con desesperación los días que faltan para tu visita. Cuando nos veamos te pediré que me dejes amarte entera y muy despacio.

Aquella visita, anterior a otras visitas, suyas o mías, que habrían de enloquecer nuestra relación, desencadenó algunos problemas y alteró el ritmo habitual de las cosas. Por eso ahora pienso en Leo y mientras numero sus cartas, ordeno también mis pensamientos, porque ha estallado el caos y se ha precipitado en mí una enfurecida necesidad. Leo ha abierto fisuras en mi vida y temo perder el control sin mi propia autorización.

Ante mi insistencia, Loreto se ha instalado temporalmente en casa. Ocupa una habitación contigua al estudio de Ventura, en la parte alta del dúplex, y hace su vida con más resignación de lo que cabía imaginar. Se levanta temprano, va a su farmacia, por la tarde arregla sus asuntos de abogados y cuando llega está hecha un trapo. Algunos días se queda dormida viendo la televisión y yo tengo que zarandearla para que se acueste. Anteanoche apareció Charo sin avisar y hubo que contárselo todo. Charo es asombrosa, parece que lleva un chip en la cabeza y lo acciona en función de cada problema. El otro día, una vez enterada de la situación de Loreto, se programó para poner el hombro y volcar su generosidad en ella. Me quedé atónita. Charo nunca ha tenido una relación demasiado buena con Loreto, y aunque no puede decirse que se detesten, sus respectivas presencias han pasado siempre desapercibidas para ambas. Desde muy pequeñas quedó determinado así. Charo era mi amiga y Loreto mi hermana, y sus territorios estaban perfectamente acotados, no había mutuas injerencias y las dos se respetaban con admirable desinterés. En cierto modo yo tenía más proximidad con Charo porque ejercía sobre mí una extraña fascinación; su forma de cultivar la autonomía, su talante heterodoxo, y sobre todo, su lucidez para enfrentar los problemas, despertaban en mí gran envidia. Charo era una de esas personas que con el paso del tiempo no había adquirido ataduras. Vivía igual que en los años de estudiante y de su conducta emanaba una excitante sensación de provisionalidad. Todas las demás íbamos llenando nuestras mochilas de cosas propias, maridos, hijos, pisos, trabajos más o menos seguros, pero ella se mantenía siempre ligera de equipaje, alejada de cualquier compromiso. Charo tenía una profunda aversión por todo lo que pudiera atarla, y en cuanto atisbaba la mínima señal de peligro —hubo una época en que ganó bastante dinero como traductora y tuvo en sus manos la posibilidad de firmar un buen contrato con una editorial—, se sentía presa del pánico, sacaba un billete para marcharse fuera del país y desaparecía durante un par de años. Luego volvía más gorda y más contenta.

Charo solía tirar mucho de mí. No digo que me influyera, pero tenía ese don de las personas magnéticas y yo la jaleaba. Una vez me llevó a Centroamérica. Fue un viaje tan disparatado que, de no ser por el sentido del humor de Charo y mi poca disposición a discutir con las amigas, hubiera podido terminar en tragedia. Yo arrastraba una enorme maleta con ropa, libros, y todas las pequeñas dependencias que he adquirido a lo largo de los años, desde laxantes a crema suavizante para el pelo, orfidales, limas de uñas, aután, tapones para los oídos, antifaces y mucho tabaco. Charo llevaba una simple bolsa con ropa interior y unas camisetas de baratillo. Cansada de compartir mi carga, un día Charo me hizo depositar la maleta en casa de un diplomático conocido de la familia y proseguimos el viaje con una de esas bolsas plegables que yo había tenido la precaución de incluir en mi equipaje por si hacía más compras de la cuenta. Sobreviví. No sé cómo, pero sobreviví. Lo dejé todo aparcado, excepto los laxantes y el tabaco.

A Charo, con los años, le ha crecido una papada doble, como una gola de dos alturas, abierta en abanico sobre el cuello. A ella, sin embargo, no parece importarle demasiado. Conserva su pelo corto y abundante, esa mirada que de puro clara parece estar hecha de agua y unas manos muy hermosas, las más hermosas que he visto en mi vida, quitando las de un profesor de francés de quien me enamoré precisamente a partir de sus falanges. Charo, cuando se pone seria, infla su papada y entonces ya sabes que va a pontificar. El otro día pontificó varias veces ante Loreto. Yo miraba su papada, su gesto interesante, sus continuas atenciones con mi hermana, y me quedaba sorprendida, extrañada, porque Charo siempre ha sido muy dispuesta para entregarse a los demás pero la otra noche parecía una ONG.

Al principio Loreto se mantuvo bastante hermética y apenas le proporcionó las claves de su problema, más bien se dejó consolar sin oponer ninguna resistencia, tranquilamente, o acaso dócilmente, hasta que poco a poco empezó a salir de su mutismo y fue soltando pequeños datos, detalles que incluso yo desconocía, todo narrado con cierto alivio reparador, como si llevara tiempo esperando la visita de Charo para quitarse la espina del silencio. Supe que Fernando, el chino, había tenido una amante pocos años atrás, y que la propia Loreto fingió no enterarse para no perturbar la estabilidad matrimonial. Fernando instó a su amante a enviarle un anónimo a Loreto, pero ni así se sintió ella provocada. Loreto guardó la carta y calló. Nunca me lo ha contado porque sabe que yo reprobaría su falta de dignidad, pero con Charo se desarmó y enseñó su vida como quien enseña un álbum de fotos, regodeándose ante unos recuerdos y quejándose ante otros. Yo me fui a la cocina a preparar unos sándwiches, y de nuevo pensé en la posibilidad de que mi propia hermana fuera una desconocida para mí. No encontré jamón de York (Marius es especialista en arrasar la nevera), de manera que abrí una lata de paté y corté unos trozos de queso. Algunos días la asistenta deja preparada una tortilla de patatas o un poco de verdura cocida, pero aquella mañana había llamado para comunicarme que iba a acompañar a alguien al médico (todas las asistentas que he tenido acompañan continuamente a la gente al médico) y decidí no cocinar nada. Ventura estaba de viaje y Marius se había llevado a su habitación provisiones para una semana: patatas fritas, gusanitos de petróleo, galletas saladas y, por supuesto, el jamón de York que faltaba. Coloqué en una bandeja el paté, los quesos, una cesta rebosante de biscotes, una botella de vino y el frutero. Loreto no probó nada. Le había sentado mal la comida y prefirió tomarse un poleo. Charo, en cambio, no paraba de engullir bocaditos de paté, trozos enormes de queso, uvas, todo con una ansiedad irrefrenable. Su papada parecía el buche de una paloma. Estaba abstraída en Loreto y comía sin ser consciente de que se llevaba la comida a la boca, como cuando yo fumo y no me doy cuenta de que tengo el pitillo en los labios. La televisión pestañeaba con imágenes cuyas sombras salían de la pantalla y daban vueltas por el salón. Eran imágenes mudas que nos hacían compañía. Loreto hablaba de Fernando con frenesí de recién casada. Charo, cuando paraba de engullir, pronunciaba frases brillantes que a mí me deslumbraban y a Loreto le arrancaban alguna sonrisa de los labios. Al cabo de un buen rato, ayudadas por el vino, las tres nos reíamos sin pudor mientras desgranábamos recuerdos de nuestra infancia. Charo contaba numerosas anécdotas que no por repetidas dejaban de interesarme. No lo he dicho aquí, pero Charo maneja con gran habilidad la palabra y siempre ha sido una excelente narradora. Loreto por el contrario es hiperbólica, y a todo le da una dimensión desproporcionada. Esa exageración de Loreto que tanto he valorado en los momentos cómicos de la vida, sonaba el otro día como la letra de un tango. Charo se lo hizo notar y por fin Loreto se rió de sí misma como si hubiera sido sorprendida haciendo muecas ante un espejo. Creí ver entonces algunos destellos de la antigua Loreto, aquella hermana mayor que desprendía tanto optimismo y a cuyo cargo estaba la organización de los festejos familiares.

Yo siempre fui más vulgar, más abúlica también, no tenía ideas y las pocas que me venían a la cabeza se las apropiaba ella para mejorarlas. Lo único que hacía yo era escribir. Escribía mis redacciones, las de Loreto y las de sus amigas, y hasta hubo una temporada que me especialicé en epístolas amorosas, sin haber sentido jamás las embestidas del amor ni tener más conocimiento carnal que el que me proporcionaba la visión de ciertas películas no toleradas para menores.

A Loreto le divirtió recordar aquello. En casa vivió una muchacha —mayor a mis ojos, aunque realmente no sobrepasaría los treinta años— que tenía un novio sigiloso, un novio casado o algo así, porque ella nunca le comunicó su existencia a madre y cuando hablaba con nosotras lo hacía en voz baja, como si nos convirtiera en cómplices de un secreto inconfesable. Loreto se sentía patrocinadora de aquel apaño sentimental. La muchacha hablaba con Loreto y si Loreto lo creía oportuno las dos me llamaban a mí, extendían una holandesa de papel rayado sobre la mesa y yo me ponía a escribir con una aplicación admirable. Como quería darle una imagen más o menos tangible al misterioso novio y por aquella época se decía que todos los novios de las muchachas domésticas eran soldados, yo le escribía a un soldado: sería un soldado apuesto, con un uniforme impecable y una gorra de plato que casi formaba parte de su anatomía. Ya que mi muchacha, dados los lazos afectivos que me unían a ella, era más que una muchacha, el soldado también era más que un soldado: era un cadete. Por influencia del oficio de escribana que me tocó en suerte, durante bastante tiempo, cuando pensaba en el amor siempre lo asociaba a un cadete. Mi novio también habría de ser así, erguido, con gorra de plato, y una chaqueta tan impecable que sólo se arrugaría al doblar ceremoniosamente el brazo para que yo pudiera colgarme de él y presumir ante el mundo. Madre no sabía que Loreto y yo confabulábamos con aquella mujer para facilitarle el acceso al novio. Tal circunstancia encendía más mi ánimo morboso. Rellenaba, pues, las holandesas con frases hechas que ni a ella ni a Loreto, y por supuesto tampoco a mí, nos sonaban a tópicas, firmaba con una rúbrica que parecía un tortel de cabello de ángel y luego la muchacha cogía el papel y lo estampaba contra su boca de color ciclamen. El beso rojo quedaba pues marcado en forma de labios. A partir de ahí yo ponía lo demás. Imaginaba que el soldado se llevaría también la carta a la boca y uniría su beso al de ella para formar un beso común y largo, como en los finales de las películas.

Un verano, aquella muchacha de melena encrespada y medias de cristal —ella nunca decía medias, sino medias de cristal, una denominación ya entonces obsoleta y que sólo les había oído a las rancias amigas de la abuela— nos llevó a su pueblo. Habían operado a madre y estorbábamos en casa, así que metimos unos vaqueros en la maleta, unos cuantos polos y un bañador que regresó a casa sin estrenar, y las tres nos marchamos al pueblo, aunque en honor a la verdad llamarle ahora pueblo se me antoja casi un lujo. Su familia vivía en un pequeño tejar a dos o tres kilómetros del núcleo de población más cercano, en medio de un paisaje marrón sin más aderezo vegetal que una pequeña hilera de chopos que pespuntaban la curva de un río. Los entornos de la casa estaban sembrados de tejas y el padre siempre tenía las manos manchadas de color chocolate. La muchacha nos había prohibido hacer alusión a su novio delante de la familia, con lo que disminuyó la relación de complicidad entre nosotras. Mi único aliciente allí era brincar entre las tejas y buscar cigarras en los matorrales nublados de polvo, ayudar a hacer rosquillas y los domingos, bajar al pueblo y beber un refresco en el bar. La muchacha estaba entregada al hogar, preparaba el almuerzo y la cena, daba de comer a los animales del corral, situado en la parte posterior de la casa, y escuchaba los programas de discos dedicados que emitía una emisora provincial. Ante mi resistencia a participar en sus propuestas deportivas, Loreto hacía excursiones por los alrededores y luego presumía de su resistencia. Cada día iba un poco más lejos. Loreto siempre ha tenido un irresistible afán plusmarquista, de jovencita saltaba incansablemente a la comba, y ahora, en sus tardes libres, se encierra en el gimnasio y luego de castigarse el cuerpo durante un buen rato me llama para contarme que ha hecho ciento veinticinco abdominales. Los va contando uno a uno, como si rezara una letanía que día a día es un poquito más larga. Aquel verano anduvo mucho, llegaba siempre extenuada de sus excursiones y la muchacha le preparaba unos bocadillos de chorizo que parecían submarinos. A veces la acompañaba en sus correrías alguno de los hijos menores de la casa, sobre todo uno que arreglaba bicicletas y tenía el pelo descolorido. Le hacían gracia las hazañas de mi hermana y los dos se retaban para saltar con pértigas de caña o descender a cuevas cuyo fondo no se divisaba desde la superficie. Cuando regresaban estaban tan cansados que se sentaban conmigo y jugábamos al parchís o al juego de la verdad, pero yo aún no sabía que el juego de la verdad era el juego de las mentiras y nunca lograba obtener una información interesante.

Para ir al váter había que atravesar el corral y espantar las gallinas que se colaban entre las piernas. El corral olía a caca y el váter olía a corral, y yo entraba y salía de allí tapándome siempre la nariz, huyendo de los olores y sobre todo de unas pieles de conejo que colgaban junto al dintel de la puerta. Cuando comíamos conejo siempre fingía dolor de estómago para no probar bocado, porque sabía que en la cazuela estaban los cadáveres de aquellas pieles que se oreaban en el patio con el olor a váter y a corral. Los conejos me daban además un poco de grima. Cuando, en los días previos a un festín gastronómico, la muchacha venía del patio empuñando a modo de trofeo un conejo que se agitaba convulsivamente, ni siquiera me atrevía a deslizar la mano por su lomo. Hubiera sido como acariciar a un condenado a muerte. El día que presencié el ritual del sacrificio supe que jamás iba a probar el conejo, aunque estuviera condimentado con las más sabrosas especias. Entre la muchacha y su madre cogieron al animal por sus extremidades. La madre tiró de las orejas, con un cuchillo grande le segó el cogote y antes de que cesaran sus espasmos, el animal se desangró sobre un plato metálico que había en el suelo. Luego le retorció la cabeza para asegurarse de que quedaba bien limpio, sin una gota de sangre en el cuerpo. El conejo quedó así listo para ser desollado. La muchacha me perseguía después con los pellejos por todos los rincones de la casa con risas y aspavientos. Yo era muy aprensiva y de noche soñaba que la muerte tenía cara de conejo. Aunque más que aprensiva, era cursi. Loreto, en cambio, parecía que había nacido en aquel ambiente y se pasaba muchos ratos en el corral sin taparse la nariz. Una noche, estando ya acostada, sufrí un fuerte retortijón en las tripas y tuve que levantarme para ir al retrete. Al atravesar el corral me sobresaltó una sombra movediza en la oscuridad y sentí miedo. Me quedé inmóvil, con las manos en el vientre, empequeñecida dentro de mi pijama holgado. Allí estaba Loreto, con la falda levantada hasta la cintura y las bragas en los tobillos, frente a un bulto oscuro que no logré identificar pero que correspondía con toda probabilidad al chico de pelo descolorido. No me vieron. Pasados unos instantes de estupor, retrocedí sin despegar las manos del vientre y volví a mi cuarto de puntillas. Aguanté el retortijón como pude y a la mañana siguiente quise olvidarlo todo, pero la imagen de Loreto con la falda levantada y las bragas arrugadas en los tobillos me acompañó durante mucho tiempo en todas las oscuridades. Ignoro cuántas noches debió de repetirse aquella escena. Tal vez muchas. El mes pasó pronto, yo engordé a pesar de mi resistencia a comer conejo con patatas, y Loreto alcanzó nuevos récords de velocidad en sus correrías campo a través. Padre nos recibió en la estación de autobuses como a dos auténticas princesas. En el fondo estaba contento de que hubiéramos aceptado sustituir nuestras tradicionales vacaciones en la costa por una larga estancia en un pueblo. En los pueblos se aprenden muchas cosas, decía padre.

Loreto lo supo aquella noche. Supo que yo lo sabía. Se limitó a emitir una escueta carcajada y a responder que eran cosas de chiquillos, tonterías sin importancia. Yo también me reí. Charo rodeó con su brazo el cuello de mi hermana y, alentada por el deseo de verla contenta, le dijo que siempre había sido una mujer muy atractiva. Pero mentía. Loreto no era atractiva. La atractiva era yo.

Me gusta soñar. Miento: me gusta pensar sueños. No es lo mismo soñar que pensar sueños, y a mí me gusta pensar sueños, cosas que podrían pasarme pero que no me pasarán nunca. Es en el umbral de la noche, tras alargar el brazo para apagar la luz de la mesilla y desplomar mi cabeza sobre la almohada, cuando mejor elaboro esta clase de pensamientos. Transcurridos unos instantes resulta difícil establecer la frontera entre la realidad y la fantasía. Todo empieza a mezclarse, y esa confusión, esa injerencia de unos espacios en otros, propicia un estado afín a la placidez. Antes, cuando era más joven, soñaba que me llamaba Dely, o Curra, o Fide, porque entonces estaba llena de tontunas y creía que los hombres saldrían corriendo al conocer mi auténtico nombre. Me gustaba sobre todo Dely. Dely no era como yo, pero era yo. Mejor dicho, era la que me hubiera gustado ser, con las piernas torneadas y corintias, el cuello selvático y una presencia tirando a estrafalaria que distraía mi verdadera forma de ser y, especialmente, mi verdadero nombre. Para ahuyentar los cataclismos que podía producir la pronunciación de mi nombre yo tenía una personalidad furiosa, vestía siempre pantalones de cuero, bebía whisky y follaba con hombres de polla grande. Esto último era sólo un fogonazo, una chispa loca, pero también me gustaba soñarlo. En la ausencia de lucidez me reconocía a mí misma y alcanzaba instantes de gozoso bienestar. También me sentía libre. Durante mi primera adolescencia recuerdo que la gente hablaba de libertad relacionándola con las asociaciones políticas, la expresión, la ausencia de censura cinematográfica, todo eso. Yo era una imberbe, pero si alguien me hubiera pedido que expresara con palabras la sensación de libertad hubiera respondido sin titubear. Libertad era soñar despierta. De todos los momentos del día, el más grande y el único que no contemplaba limitaciones se producía antes de dormirse. Acurrucada bajo las sábanas, con los párpados dulces y todo el peso del silencio en el cuerpo, pensaba sin necesidad de rendirle cuentas a nadie. A lo largo del día acataba las órdenes de los mayores, contaba cómo me habían ido las clases en el liceo, a qué hora había salido de piano, si había cogido el autobús o el metro, cuántos escaparates me había detenido a mirar en el camino, cómo se titulaba la película que Loreto y yo pensábamos ver el domingo y con quién acababa de hablar por teléfono. No podía reservarme nada porque todo tenía que hacerlo público. Sólo me pertenecían los pensamientos. Me acostaba, pues, para pensar, no para dormir, deseosa de acariciar mi privacidad y dar rienda suelta a las fantasías.

A veces sueño que bebo. No es exactamente una ficción, porque yo también bebo en la vida real. Sólo bebo whisky, pero bebo. En los sueños bebo sin librar batallas con mis propios temores, y la euforia derivada de las aventuras etílicas me proporciona esa sobria fortaleza con la que siempre he deseado adornarme. El sueño procede seguramente de una efímera experiencia que atajé gracias a la colaboración de un amigo de Loreto, un psicólogo que trabajaba en un centro de rehabilitación de alcohólicos. En esa época yo salía a la calle con una petaca de whisky que rellenaba a medida que la iba consumiendo. La guardaba en el bolso, junto al billetero, las llaves y el almax —también entonces vivía en permanente alianza con el ardor de estómago—, y cuando sufría uno de esos accesos de pánico que me paralizaban, extraía la botella del interior, desenroscaba el tapón y me la llevaba a la boca como si fuera a obtener en el trago un remedio inmediato. Siempre a escondidas, eso sí, porque tenía la sensación de estar cometiendo un acto obsceno. Ahora bebo con naturalidad y moderación, y no necesito llevar una petaca en el bolso para vencer mis súbitas inseguridades, pero entre sueños todavía me asalta la tentación de sumergirme en los abrevaderos nocturnos y convertirme en una mujer desbocada que se entrega febrilmente a las locuras. Desde hace unos meses, sin embargo, sueño que bebo con Leo y que tengo ojeras misteriosas —en realidad tengo ojeras, pero nadie ha dicho jamás que sean misteriosas—, y que juntos nos escudamos en la bebida para hacer cosas que nunca me atrevería a hacer. Es como un sueño dentro de otro sueño, primero el sueño propiamente dicho y luego la desinhibición de la bebida metida en el mismo sueño. Leo se me aparece entonces en toda su intensidad, desliza miradas de metal oscuro sobre mi cuerpo, me pellizca las nalgas y se ríe a carcajadas con la barriga. Pero Leo tampoco es Leo, sino una mezcla del personaje que yo he modelado en mis sueños y ese otro, de carne y hueso, al que conocí vestido de uniforme y que tanto ha desbaratado mi vida.

Todas las noches me duermo antes de que el sueño haya terminado. Siempre sucede así. Me duermo en plena borrachera y cuando recupero el hilo, la consciencia impone poco a poco sus hábitos represivos. A la luz del día ya no me llamo Dely, ni bebo más whisky de la cuenta ni hago el amor en los ascensores. A la luz del día tengo miedo, pienso mucho en padre y en la escasa atención que le presto, me avergüenzo de escribir literatura de catálogos y siento que Ventura me desprecia por no saber quién era Max Weber. La luz es cruel. La luz me recuerda que me llamo Fidela, que trabajo en una miserable agencia de publicidad, que tengo casi cuarenta años y que el whisky no me gusta porque es amargo y me rasca el paladar como si fuera una tela de saco.

No le he contado a Ventura que han pillado a Marius robando compacts. Tampoco le he dicho que era la segunda vez. La primera se limitaron a pedirle el carné, tomaron nota y le advirtieron que si reincidía, procederían a llamar a su familia. Y ha repetido. Seguramente ha robado más veces, pero hasta hoy no han vuelto a pillarle. Marius se ha justificado ante mí diciendo que un amigo suyo sacó una raqueta de tenis debajo de la cazadora y que un compact vale menos que una raqueta. No he tenido fuerzas para rebatirle, me he limitado a murmurar que él ya tiene dos raquetas y que, puesto a robar con sentido práctico, la próxima vez robe una moto porque yo no pienso comprársela. Entonces ha empezado su murmullo de siempre, el tira y afloja de lamentos que acompañan todas sus contrariedades. Al llegar a casa he ido a su cuarto y me he puesto a revolver en las estanterías y cajones. Había más compacts, cintas vírgenes y montañas de típex. ¿Típex?, ¿y para qué quieres tanto típex?, he preguntado sin obtener respuesta alguna. Marius estaba cabizbajo, lo que no significa que se sintiera arrepentido o abochornado. Estaba cabizbajo porque había bajado la cabeza para no ver mis ojos. Me ha pedido que no se lo contara a su padre y he notado en alguna parte de mi cuerpo el afilado azote de la envidia. Marius adora a su padre. No le hace confidencias, no juegan juntos al tenis (entre otras razones, porque Ventura detesta el deporte) y no le pide ayuda en los estudios, pero yo sé que le adora. Ventura ve en él un reflejo de su propia personalidad, distante, pudorosa, reservada en los afectos, un poco autista. Se ven el uno en el otro sin manifestarlo, mientras yo hablo, me quejo con insistencia y trato de buscar cualquier rendija para colarme en sus vidas. Pero estoy al margen. Marius y Ventura se atraen con una fuerza enigmática, y su mayor éxito consiste en controlar esa fuerza, manteniéndola siempre a salvo de tentaciones sentimentales. A veces yo también me noto algo contagiada por su orgullo, y entonces disimulo mis flaquezas y no les hago partícipes de la vida que vivo. Con los años he aprendido a ser un poco como ellos, y eso me ha distanciado también de Loreto, que es muy expansiva y cuenta cosas que no deben importarle a nadie, si se le adelanta la regla o se le atrasa, si ha comprado dos sostenes en las rebajas rebajadas o si le ha salido un grano en la ingle como consecuencia de un pelo infectado.

Marius volverá a robar compacts, lo sé, pero no me asusta tanto el hecho de que robe como que yo no logre saberlo. Intento disimular la necesidad física que me une a él, y si le acaricio lo hago con discreción para no ruborizarlo. No quiero renunciar al contacto de ese cuerpo que me perteneció cuando lo llevaba enquistado dentro, cuando lo amamanté o cuando empezó a dar sus primeros pasos por el salón y a meter sus dedos en los enchufes. Marius se aleja paulatinamente de mí, y lo hace de un modo parecido al que yo utilicé para alejarme de mis padres. Se mete en su cascarón, rehúye dar explicaciones y pasa largas horas encerrado en su cuarto, desde donde me llegan extrañas músicas acompasadas con toses. No deseo que crezca, preferiría que siguiera afanando compacts y me llamara para sacarle del apuro. Es ya mi única aspiración: pagarle los compacts que roba, ayudarle a preparar los exámenes de lengua, vigilar su asma y hacerme la remolona para arrebatarle un leve arrumaco cuando pide su paga semanal por adelantado. Él también me necesita aunque no lo reconozca. Ahora, por ejemplo, necesita que guarde su secreto ante Ventura.

Pero Ventura no pregunta. Hoy se ha acostado sin cenar y duerme entre un caótico sembrado de papeles. Lo hace siempre: se lleva el trabajo a la cama, despliega apuntes a su alrededor y cuando ya está enfrascado en la tarea, le sobreviene el sueño. Como tantas otras noches, yo le quitaré los papeles para colocarlos en su mesilla, luego me deslizaré bajo las sábanas y sentiré su respiración espesa junto a la almohada. El radiodespertador parpadeará porque a media tarde se ha ido la luz y Ventura no se ha acordado de ponerlo en hora. Yo me haré la ilusión de que el tiempo se ha detenido. Pero el tiempo es como el mar, no hay forma de pararlo. Creo que en algún lugar de mi conciencia habita la memoria del futuro y siento nostalgia de las cosas que me van a suceder. Tengo prisa por atraparlas.

Todo empezó por un simple edredón. Loreto dice que soy friolera porque como poco y me faltan calorías. Cuando la asistenta abre las ventanas para ventilar el salón, el frío me persigue y yo corro a refugiarme a la buhardilla, el único lugar de la casa que siempre conserva un ambiente tibio y protector. Allí se acumulan los olores, no sólo los olores de Ventura sino también los míos, los de las gentes que habitan en las fotos, los de los objetos salpicados entre los libros y los libros salpicados entre los objetos. Cierro la puerta y escucho el zumbido desesperante de un aspirador que no cesa. En la buhardilla apenas entra el orden y la limpieza. La pantalla del ordenador se llena de polvo y yo paso el dedo por su superficie y me electrizo un poco. Un día saltarán chispas, las chispas prenderán en mi bata de licra y se hará el fuego, la asistenta me verá correr entre llamas y a la mañana siguiente saldré en los periódicos bajo un titular que dirá «mujer encendida cruza la ciudad en bata». Siempre tengo frío y, sin embargo, estoy llena de fuego. Suelto chispas cuando toco la pantalla del ordenador, cuando desciendo de un coche y cierro la portezuela con la mano (escarmentada por los calambres, he aprendido a cerrarla con el codo), cuando me quito un jersey o cuando me paso el cepillo por el pelo. Pero tengo frío, ya digo, y a veces sueño que la vida es una continua corriente de aire que se pasea por mis huesos. Decididamente, mis sueños son bastante estúpidos.

El edredón lo compré por consejo de Loreto. Loreto tiene una predisposición natural al hogar y, sin dedicarle mucho tiempo, sabe lo que resulta barato y lo que resulta caro, lo que conviene y lo que no conviene, y, en definitiva, lo que puede interesarme y lo que no puede interesarme. El edredón me interesó. Ya no sabía cómo arropar mis noches sin ahogar de calor a Ventura, y aunque la asistenta añadía dos mantas dobladas en el lado de la cama que yo ocupo y dejaba a Ventura con una sola, el invento era precario y un poco chapuza: la cama parecía una montaña rusa y no quedaba nada presentable. Abuela nunca lo hubiera aprobado, para ella las camas tenían que estar primorosas porque en cualquier momento podía uno caer enfermo y no era de buen tono recibir al médico en malas condiciones. Los médicos también tienen su ojo cotilla y al final todo se sabe.

Ventura no se percató de que había un elemento nuevo en la cama. Para ser precisos Ventura no se da cuenta de muchas cosas o finge estar ausente, pero aquella noche fue abatido por el sueño a los pocos minutos de acostarse y sobre el edredón quedaron esparcidos un par de libros y el rotulador destapado. He dicho bien: el rotulador destapado. Retiré los libros y los deposité de mala gana junto a la alfombra, pero el rotulador no lo encontré hasta la mañana siguiente, cuando observé una gran mancha azul sobre la piel de mi flamante compra. Mierda: el edredón se había chupado toda la tinta. Cuarenta mil pesetas al traste. Cuarenta mil, que se dicen pronto. Eso mismo ya hubiera constituido suficiente motivo de discusión, sin embargo, el lío al que quiero referirme vino de madrugada. Ventura se incorporó maldiciendo algo entre dientes. Estaba empapado en sudor y se quitaba de encima la ropa con torpes movimientos. No paró de gruñir hasta que logró despertarme. Me enfadé mucho, me enfadé hasta decirle que era un egoísta, que sólo pensaba en él y que yo no tenía la culpa de su vocación de eremita gruñón. Y de ahí para arriba, todo pronunciado con una solemnidad excesiva. Cualquiera hubiera podido pensar que los problemas matrimoniales se suavizarían aportando una solución racional a nuestras noches, pero Ventura y yo sabíamos que no era cierto. Ni dos camas, ni dos habitaciones, ni dos pisos, hubieran arreglado nuestras ya crónicas desavenencias.

En algunos momentos de bonanza comunicativa Ventura gustaba de repetir, citando a Oscar Wilde, que él podía ser feliz con cualquier mujer a condición de que no la amara, pero yo le rebatía furiosamente apostillando que Oscar Wilde era maricón. Pasado el tiempo comprendí su razonamiento, porque el amor no hace sino perturbar la buena marcha de las relaciones personales, sobre todo si hay niños o edredones por medio. Pero yo estaba empeñada en darle una única dirección a mi matrimonio y con demasiada frecuencia encontraba obstáculos que lo impedían. El edredón fue uno de ellos. Por culpa del edredón le dije a Ventura que era un muermo y que su presencia en la cama me producía aversión física. Volvió la cabeza hacia mí —esa cabeza que otras veces me había parecido como rescatada de un fresco pompeyano—, y disparó un rictus seco desde su bigote canoso. Luego no añadió nada, seguramente pensó que no valía la pena hacerlo. Todavía no eran las seis de la mañana, pero entró en el baño, se duchó y salió de casa sin dar siquiera un portazo.

A la noche siguiente volvimos a dormir con mantas.

No poseo un físico agradecido, objetivamente no puede decirse que sea una mujer rubia, o alta, de rasgos marcados o con los ojos de un color concreto. Más bien soy una mujer indefinida. Ni alta ni baja, ni rubia ni morena, ni con la nariz grande o pequeña, los ojos azules o negros. Me he analizado muchas veces ante el espejo —o ante los cristales de los escaparates, en los que me miro sin ningún recato— y he llegado a la conclusión de que no soy capaz de describirme. Puedo hablar incansablemente de mí, contar mis peripecias, adjetivar mis sentimientos o hacer reflexiones interminables sobre la angustia, pero describirme no, porque esa indefinición a la que siempre he estado sometida —ni alta ni baja, ni rubia ni morena, ni con los ojos azules ni con los ojos negros— me hace un flaco favor. De niña era escuálida, y aunque ahora me gustaría añadir que tuve una infancia desgraciada para darle más interés a mi personaje, no puedo admitirlo como cierto. También en eso soy indeterminada. No fui una niña ni feliz ni desgraciada, ni bondadosa ni rebelde, ni solitaria ni acompañada. Fui sólo escuálida, hasta que pegué el estirón y alcancé un peso normal, mis rasgos se instalaron en proporciones normales y los rizos de mi pelo desaparecieron para adquirir una ondulación normal, ondulación que por cierto he tratado de corregir y aumentar después con todos los potingues que el arte de la peluquería ha puesto a mi alcance. He sobrellevado la normalidad desarrollando una astuta sutileza que algunos han llegado a confundir con cierto aire de misterio, lo cual no me desagrada del todo, porque sin ser ni misteriosa ni transparente tiendo a ocultar determinados aspectos de mi vida, subrayando esas zonas periféricas que dan una imagen más favorable de mí: interesante, sigilosa, a veces algo desmayada, un punto inaccesible. Pero soy más fuerte que débil, más emocional que reflexiva, más agria que dulce, más rencorosa que olvidadiza. Soy también errática, dispersa, y mis largas aventuras interiores me han aproximado hasta cotas de peligro que me han permitido sacar partido de mis flaquezas y a la postre, saber un poco quién soy y qué lugar merezco.

Siempre he carecido de ese encanto dominante que distingue a muchas mujeres. Lo supe desde muy joven y lo padecí sin llegar jamás a manifestarlo. Loreto era llamativa, tenía un rostro afilado pero vigoroso, las aletas de la nariz como de pájaro hipersensible, la voz aflautada, tirante, y una mirada siempre perceptiva en la que se adivinaba una notable disposición a la euforia. Quiero decir que el rostro le correspondía, era un rostro equivalente a su carácter, y quiero decir también que yo no me parecía en nada a ella. Éramos hermanas y sin embargo estábamos hechas de pastas distintas. Yo no tenía rostro. Tenía sólo una nariz para oler, unos ojos para mirar y una boca para comer. Así fue durante mucho tiempo. Con el paso de los años, las cosas empezaron a cambiar. A Loreto, sin tener hijos, le ha crecido un vientre del que no logra desprenderse ni con interminables sesiones de abdominales, y las arrugas ya empiezan a fruncirle el contorno de los ojos. Yo en cambio tengo el abdomen bastante liso, las arrugas todavía no han arañado mi cara y, al contrario que Loreto, la naturaleza me ha proporcionado un cuello gracias al cual puedo lucir una voluminosa melena sin parecer una menina. Lo que no me dieron al nacer lo he adquirido con sabiduría de rata callejera. Así, hoy puedo afirmar que yo soy yo gracias a mi melena de Botticelli, a la habilidad que despliego para perfilar mis labios, a los suspiros de mi mirada exenta de color, a cuatro gestos de fumadora impenitente, a mis faldas cortas y mis silencios largos, a mi palidez, y a ese aire vagamente lascivo que acompaña todos y cada uno de mis movimientos y del que nunca me haré responsable.

Loreto lo resume diciendo que me saco mucho provecho. A lo mejor tiene razón. Leo, sin embargo, piensa que soy hermosa, diferente en todo. A mí me halaga más la diferencia que la hermosura, porque la hermosura es vulnerable y la diferencia puede prevalecer siempre, aun cuando el tiempo haya empezado a roer las carnes como roe la carcoma la masa de los muebles. Yo no soy hermosa, pero he cultivado mi pequeña diferencia con esmero, porque la diferencia es el verdadero concepto de personalidad y yo, siendo todavía una niña, ya decía que me gustaba la gente con personalidad. Mi mejor diferencia está en el pelo. No se trata de una frivolidad. Algunas veces, arrastrada por un acceso de locura, me he cortado el pelo tras discutir con el peluquero el número exacto de centímetros que estaba dispuesta a sacrificar. Como los peluqueros tienen las tijeras muy largas, siempre me corta más de lo pactado. Cuando miro el suelo y veo mis ondas degolladas, noto como si me hubieran arrancado la fuerza. Supongo que será algo consustancial a muchas especies animales. También *Rocco*, después de cortarle el pelo, se siente indefenso y lo primero que hace al llegar a casa es esconderse debajo del aparador. Yo no me escondo debajo de ningún aparador, pero voy corriendo al baño, me mojo la cabeza bajo el grifo y delante del espejo estiro una y otra vez mi melena con la vana ilusión de recuperar el trozo que le falta.

Mi fuerza está, pues, en el pelo; soy una sansona del siglo XX que desea tener seguridad en sí misma, pero la propia obsesión por la seguridad me vuelve a menudo insegura, mis espacios fronterizos se desplazan como las arenas por todo el cuerpo y entonces dejo de ser un poco fuerte, distante o agria para ser un poco frágil, sensible y conciliadora. No tengo claro cuáles son los momentos que precipitan esa pérdida de confianza —aparte del ya indicado: el corte de pelo—, pero tiendo a creer que no están relacionados con los vaivenes profesionales. No ambiciono ninguna parcela de poder, no deseo relaciones competitivas, no quiero inmolar mis cervicales ante un ordenador portátil y no estoy dispuesta a entrar en el juego de un mercado donde silban los cuchillos y las zancadillas siembran de cadáveres las aceras.

Me acosté tarde y hacía frío. O hacía frío y me acosté tarde. No tiene nada que ver una cosa con la otra, pero en aquellos momentos lo más importante era que hacía frío, la casa se había quedado destemplada y el cuerpo me respondía con pequeños temblores. Pensé que tendría algo de fiebre, porque llevaba algunos días con la garganta acartonada y apenas podía tragar la comida. Me cubrí la cara con el embozo de la sábana y no moví un solo miembro de mi cuerpo para entrar pronto en calor. Como no tenía sueño empecé a discurrir. Lo primero que pensé, y no precisamente con agrado, es que había olvidado anotar un par de cosas en la agenda. Me sucede siempre cuando estoy en la cama haciendo tiempo para conciliar el sueño. Primero recuerdo y después olvido, nunca al revés. Es decir, recuerdo que he olvidado y, en mi afán por mantener el recuerdo a mano, me vence el sueño y olvido definitivamente. A la mañana siguiente intento una y otra vez atrapar aquello que me preocupaba segundos antes de sucumbir al sueño. Pero es inútil. Sería más práctico tener una agenda en la mesilla para estas emergencias. O no tener agenda en la mesilla pero tampoco tener pereza para saltar de la cama e ir por ella al bolso. Todo lo que no se apunta no existe, al menos en mi caso. En esos momentos de debilidad mental suelo recurrir a los trucos nemotécnicos, que suelen sacarme de bastantes apuros. Yo le llamo el truco de las bienaventuranzas en honor al profesor de religión que me obligó a aprenderlas. Poma-llo-ha-mi-li-pa-pa, recitábamos una y otra vez. Po-ma-llo-ha-mi-li-pa-pa, decía yo. Así llegué a saber que serán bienaventurados los pobres, los mansos, los que lloran, los que padecen hambre y sed de justicia, los misericordiosos, los limpios de corazón, etcétera. El truco consistía en aprender la primera sílaba de cada bienaventuranza. La sílaba proporcionaba la clave. A mis años, ando todas las noches aprendiendo bienaventuranzas y claves —pomallohamilipapa— para no convertirme en una vulgar desmemoriada.

Aquel día tocaba aprender farchalé. Bajo la caricia de las sábanas recién planchadas murmuraba en silencio farchalé, farchalé, farchalé, farchalé, farchalé. Sentía el hueco de Ventura a mi lado. Un hueco que era sobre todo ausencia de calor, porque Ventura, ya lo he dicho, cubría mis deficiencias térmicas sin apenas tocarme, era como un radiador que emitía ondas durante toda la noche y ocupaba el vacío que dejaba la calefacción. Si un día Ventura y yo nos separáramos, me vería obligada a mudarme a un piso moderno de techos bajos donde las ventanas encajaran herméticamente y no hubiera calefacción central, porque la calefacción central te asa cuando tienes calor y te hiela cuando tienes frío, al contrario de lo que debería ser. Todos los años, a mediados de octubre, me sorprende una inesperada ola de frío y he de poner radiadores eléctricos por la casa para sobrevivir a las tiritonas. La calefacción no empieza hasta el uno de noviembre, así está escrito y así hemos de acatarlo todos los vecinos. Farchalé, farchalé, farchalé. Cavilaba cosas al tiempo que recitaba mi clave, cosas que está prohibido contar y que sólo existen en la intimidad de las oquedades propias. Ventura había llamado a casa para decir que llegaría tarde, pero sin añadir nada más, esperando que yo preguntara algo, o quizás no, Ventura callaba para pedir silencio a cambio. Nunca logro saber lo que Ventura desea de mí. Sus contradicciones me confunden tanto que anulan mi capacidad de reacción. Antes metía la nariz en su vida y él me lo reprochaba. A veces, cuando Ventura dibujaba esos monstruos de patas cortas a los que es tan aficionado, y yo me asomaba por detrás de sus hombros para observar el resultado, se sobresaltaba y reprimía con el gesto una evidente irritación. Tampoco soportaba que me asomara a su vida porque se sentía agredido. Cuando aprendí a no mirar sus dibujos y a no preguntar por sus sentimientos, Ventura pensó que había perdido el interés por él y me lo echó en cara. Pero no era verdad, o en todo caso era una verdad a medias. Ventura me interesaba, aunque en ocasiones, llevada por el desasosiego, la rabia se apoderara de mí y creyera odiarle. Pero aquella noche no pregunté. Tampoco tuve ganas de hacerlo. Imaginé que había ido a cenar con alguien y no quise provocar su mentira. En los últimos días se habían producido extrañas llamadas de teléfono a medianoche, a primera hora de la mañana, a todas horas. Llamaban y colgaban. Ventura estaba recluido en la biblioteca nacional para hacer un trabajo y alguna persona, cuyas características yo ignoraba, lo buscaba por todas partes. Se lo dije a él, harta ya de tanta persecución telefónica. Me miró como me mira siempre que no quiere entrar en discusiones, y con displicencia fría, arrogante, sonrió sin dejar en mí rastro alguno de su sonrisa. Farchalé, farchalé. Pero yo conocía a Ventura. Conocía su habilidad para mortificarme. Lo que más me atormentaba de él era el silencio, esos tiempos muertos que mediaban entre mis palabras y su ausencia de respuestas. Los silencios me dolían, como me dolían esas llamadas telefónicas que desde el anonimato pretendían alterar mi equilibrio doméstico. Sin duda aquella noche Ventura había ido en pos de la llamada, porque el teléfono estaba sorprendentemente tranquilo. Será alguna de sus alumnas, dije, porque todos los profesores tienen alumnas que se enamoran y de las que se sirven ellos para crecerse ante sí mismos. Ventura no era un hombre atractivo, pero había llegado a esa edad en que las canas aún no constituyen un signo de decrepitud sino de preponderancia, y además utilizaba su calculada brillantez como un arma de seducción entre las personas que no eran de su entorno. Farchalé, farchalé, farchalé. Ventura estaría, pues, con la llamada, pero yo no pensaba darme por aludida: cuando llegara me encontraría dormida y tendría que entrar en la habitación a tientas para evitar que yo abriera el ojo y viera la hora en los números del radiodespertador. Farchalé. En el fondo prefería no pensarlo. Ventura también era libre para ejercer la pluralidad sentimental y buscar refugio en nuevas amistades. No me gustaba la idea, pero le reconocía el derecho. Farchalé.

Farchalé, insistí de nuevo. Ya podía dormir tranquila porque mi recurso daría resultado. Far-cha-lé. Tres sílabas contundentes para mi quebradiza memoria. Far de farmacia. Por la mañana tenía que ir a la farmacia a comprarle el pulmicort a Marius y, de paso, algo para mi maltratada garganta aunque, dada mi querencia por las farmacias, es probable que comprara también alguna crema de colágeno, tampones, champú a la avena y esparadrapo del que no arranca el vello de cuajo. Me gusta ir a las farmacias, respiro su aroma de jarabe dulzón y me siento transportada. El año que a Ventura se le juntó la piedra en el riñón con las tifoideas, me pasaba el rato yendo y viniendo a la farmacia. Cuando no era una cosa era la otra. Las fiebres cedieron con paciencia y muchas dosis de amoxicilina, y la piedra se la bombardearon a golpe de rayos después de haber agotado kilos de analgésicos y toneladas de agua mineral. Ventura quedaba exhausto tras los cólicos, y su cara reflejaba un anonadamiento como de haber tenido muchos orgasmos seguidos. El médico pretendía que Ventura expulsara la piedra por sus propios medios, así que cuando se levantaba para ir al baño, yo aguardaba junto a la puerta esperando que me proporcionara la noticia del alumbramiento. Imaginaba a Ventura meando una piedra por ahí abajo y me llevaba la mano a la ingle para protegerme de la sensación. Pero Ventura no meaba la piedra, y un día, tras uno de esos horribles ataques que nos ponían a todos en pie de guerra, el médico decidió recurrir a la litotricia. Hasta ese momento no había podido aplicarse el tratamiento porque la piedra, que alcanzaba casi el tamaño de un garbanzo, se había situado estratégicamente en una zona del uréter sombreada por la columna. Fue un parto milagroso; después del combate Ventura pidió ir al servicio y allí mismo meó la piedra convertida en un río de arena.

Farchalé. O sea, far de farmacia y luego cha de Charo. Necesitaba encontrar a Charo. Había recibido una llamada de su familia comunicándome que acababan de internar a la madre y que Charo no aparecía. Era una familia puntillosa, de las que siempre pasan factura y miden los afectos en función de los intereses. A mí no me sorprendía que Charo buscara pretextos para huir de casa, porque, si bien sobrellevaba las cargas domésticas con un estoicismo admirable, llegado un límite los neurotransmisores le bloqueaban la voluntad y entonces desaparecía del mapa sin dejar rastro. Así podía transcurrir hasta un mes. Cuando daba señales de vida es que su cabeza ya estaba otra vez en orden. En esta ocasión Charo llevaba veinte días fuera y aún no se había dignado llamar por teléfono. Dijo que se iba y se fue. Su ausencia ocasionó un gran revuelo y yo me vi envuelta en una historia familiar de consecuencias desagradables. Charo era la hija tardía de un matrimonio de locos. Sus hermanos mayores, casados desde hacía bastantes años, habían conseguido liberarse de las pesadillas paternas y sólo quedaba Charo para afrontar el problema. Ella estaba acostumbrada a claudicar ante los caprichos de sus progenitores, pero algunas veces necesitaba dedicarse a sí misma y se plantaba. Su padre era un militar retirado que siempre estaba como en pose de pasar revista, y la madre, nervuda y cantarina, de sonrisa color membrillo, se tiraba las horas evocando sus anteriores reencarnaciones con una insistencia verborreica, insoportable. Aquella mujer tenía tantas vidas anteriores como deseos frustrados. La última vez que cometí la osadía de visitar a Charo en casa de sus padres encontré un panorama patético y desolador. La madre estaba disfrazada de época, y luego de cantarme todo tipo de romanzas se empeñó en leerme las cartas. Según ella, sólo tenían futuro las personas que tienen pasado y en mis ojos leía que mi pasado databa del tiempo de los asmoneos. Qué sabría ella de los asmoneos, pienso ahora. Y qué sabría de mí, pensé entonces. Mientras Charo fregaba platos en la cocina, su madre me echó las cartas sobre una mesa plastificada del cuarto de estar, bajo la presencia de un san Pancracio que tenía a los pies un pequeño florero con un manojo de perejil. No utilizó la baraja del tarot, ni siquiera la francesa, que queda como más neutra. Se valió de una simple baraja española, un taco mugriento de Heraclio Fournier con el que jugaba al tute y le cantaba las cuarenta a su marido. Puso el mazo sobre la mesa y me hizo cortar varias veces dirigiéndome con la mirada. Ahora la mano izquierda, ahora la derecha, ahora otra vez la izquierda. Luego dio en enredarse con larguísimas disquisiciones sobre mis sucesivos pasados, que de puro pasados y remotos se habían detenido en los albores del siglo XV. Yo oía el repiqueteo de los cacharros que venía de la cocina y pensaba en Charo. La imaginaba soportando todos los días aquellas larguísimas peroratas, aquel penetrante olor a cerrado, aquellos cortinones incrustados de tiempo, aquellos viejos demenciados, aquella sonrisa color membrillo, y sentía ganas de gritar por ella. Pero Charo estaba acostumbrada a malvivir en cualquier lugar y su historia era la de una heroica superviviente: traducía tratados de filosofía alemana con la misma naturalidad que navegaba el Amazonas, compartía noches con media docena de okupas en una casa esquelética de Viena o fregaba loza en la cocina de su hogar imposible. La vieja desplegó un ritual lleno de espasmos, evocó a sus santos preferidos y a sus ídolos del *bel canto*, lo aliñó todo de ceremoniosidad y, tras fingir una inesperada conmoción, advirtió que mi futuro estaba sombreado por una nube negra, de la nube negra manaba una lluvia de lágrimas y las lágrimas dibujaban la silueta triste de un recién nacido que se diluía con el agua. Es una maldición, dijo. Disimulé sin dejar de preguntarme si yo sería la lluvia, la nube, las lágrimas o el recién nacido. En ese momento apareció Charo con un mandil en la mano. Recogió el bolso y la americana que dormitaban en una butaca, se peinó el cabello con las púas de los dedos, tiró de mí y, luego de darme pequeños empujoncitos para sacarme de la habitación, despidió a su madre con un beso en el pelo. Cuando cerramos la puerta del piso todavía pude oír las voces de aquella mujer que profería extrañas conjeturas sobre mi futuro.

Tenía que buscar a Charo. No sabía por dónde empezar, pero sospechaba que había vuelto a Centroamérica y yo guardaba algún teléfono a raíz de sus numerosas estancias allí. ¿Le pediría que volviera o me limitaría a comunicarle que su madre había sido ingresada en un psiquiátrico? Quizás prefiriera que no le dijese nada. Su madre no hacía daño a nadie, no molestaba, no requería cuidados especiales y tenía una vitalidad gracias a la cual nutría de optimismo a su fantasmagórico militar, mucho más achacoso y renqueante que ella. Los hijos mayores habían insinuado la conveniencia de buscar una residencia de ancianos, pero la mujer se oponía. La responsabilidad era, pues, de Charo. Por eso, la tarde que uno de los hermanos encontró a su madre desnuda en el cuarto de estar, culpó a Charo y pensó que había llegado el momento de tomar una determinación. Pero Charo no actuaría, no lo habría hecho nunca aunque supiera que su madre bailaba la danza del vientre ante todo el vecindario. Era feliz en su locura y merecía el respeto. Estar loca sin saberlo es una situación idílica, murmuraba yo por mis adentros. Siempre he tenido miedo a volverme loca y padecer la consciencia de la locura. Según cuentan, hay locuras que te desgajan completamente la cabeza y vagas por la vida ocupando un lugar fuera de ti misma, como en esos sueños en los que uno se muere y asiste a su propio entierro. Ha de ser horrible, supuse.

No encontré a Charo, pero eso ya lo contaré más tarde, porque Charo no era una mujer de reacciones imprevisibles, había cruzado el umbral de la noche para ir en pos del sosiego, tampoco ella quería volverse loca y asistir a su propio entierro. Charo no aparecería a pesar de mis numerosas pesquisas, que dejaron buena huella en la factura del teléfono. Ella estaba donde tenía que estar, pero aquella noche yo no lo sabía. Aquella noche yo no hacía más que repetir farchalé, farchalé, farchalé.

Far de farmacia, cha de Charo y le de Leo. En todas mis claves había una le de Leo. El recuerdo de Leo no había que forzarlo, pero a mí me gustaba buscarle acertijos nuevos; estaba pasando una de esas rachas en las que la zozobra se apodera de los actos y ya no distinguía entre el deseo y la realidad. Me preguntaba si quería a Leo o si solamente quería quererlo, pero no anhelaba ninguna respuesta, trazaba su figura en la imaginación y todas mis neuronas se ponían alerta, el pulso me latía en la entrepierna y se apoderaba de mí una fuerza como de bronce. Las escasas conversaciones telefónicas que manteníamos bastaban para agitar mi sexualidad y enriquecer los sueños. Cuando hacíamos el amor yo renacía; Leo disparaba tanto mis instintos que luego tenía necesidad de hacer el amor con más hombres. No con uno ni dos sino con todos. Iba por la calle y sentía como si llevara el sexo estampado en la frente. No es que Leo no me colmara. Es que aun colmándome, conseguía volverme insaciable. Yo era una hembra enfebrecida y eso, lejos de humillarme, me producía una indescriptible sensación de placer. Farchalé. Me dormía con el nombre de Leo entre las cejas. Pensaba que estaba aguardándome en algún lado y que quizás un día tuviera valor para seguirle y continuar juntos la vida desde una cama. Sería una cama grande a la orilla del mundo, una cama frente a unos ventanales desde los que nos asomaríamos al mar. El mar tendría puntillas y su música abrazaría nuestro sueño. El amor también sería como el ruido del mar, como las noches que se muerden la cola, como el hálito de un animal antediluviano o como los aromas de una tierra dibujada de sedas, especias y cedros. Un día, al cabo de mucho tiempo, nos sobrevendría el hambre y comeríamos naranjas en la cama, desnudos uno junto a otro. El jugo de nuestros cuerpos tendría el sabor de las naranjas.

Farchalé.

Quién sabe si las cosas hubieran resultado distintas de no haber conocido nunca a aquella gente. Posiblemente sí. Pero yo quise que Ventura se comprometiera más allá de la amistad y un día le pedí que me llevara a la casa familiar. Me había hablado un poco de sus padres en las largas noches de confidencias y estaba consumida por la curiosidad. Quería comprobar las miradas de los suyos cuando se encontraran frente a mí, una mujer bastante más joven que él, indómita, señorita y un poco tonta, que movía la melena con aire despectivo y decía tacos sin fingir un mínimo decoro. Para Ventura también era una prueba. Apenas mantenía relaciones con los padres y aquel viaje suponía un examen a sus propios sentimientos. Desde que había abandonado la pequeña ciudad acogiéndose al pretexto de su independencia, contadas veces había regresado a casa. A su escaso apego familiar se unía la complejidad de su situación, varios años en una universidad extranjera, una larga relación que no terminó en boda y ahora, de pronto, el reencuentro con determinados pasajes de una biografía que le infectaba el cuerpo de fantasmas. Para su familia tampoco resultaba cómoda la visita de aquel hijo cuya presencia siempre había despertado la suspicacia de los vecinos, deseosos de hurgar en los pormenores de las vidas ajenas. Pero yo me empeñé y al final Ventura elaboró su aventura con una excitación desaforada, impropia.

Me hubiera gustado tener una familia así, abundante, descabalada, una familia donde las cosas no obedecieran a un orden convencional y nunca se supiera qué protagonismo tenía asignado cada uno de los miembros. Una familia que vivía en una casa de campo cubierta de malezas históricas, junto a una vía de tren apagada por el tiempo. A la primera persona que conocí fue a Dulce, cuya figura brotó con todas las características de un personaje de novela. Dulce no era madre, ni tía, ni abuela, y ni siquiera vecina de vecindario. Dulce era Dulce dulcísima. Un enigma.

Recorrí el trecho de camino que se abría a partir de la cancela y el minuto me pareció eterno, escuchaba el sonido de mis propios pasos sobre la gravilla y busqué inútilmente la aparición de una silueta que me abriera los brazos. Ventura no hablaba; era como si estuviera reconstruyendo desde el silencio todos los fotogramas de una vieja película interior. El reencuentro se obraría, como dijo después, desde el aroma que le asaltó unos metros antes de alcanzar la puerta de la casa. El olfato aviva la memoria y Ventura sintió una vaharada de placidez mezclada con el dulzor fresco de la madreselva. Saboreaba una gratificante palpitación bajo su camisa mientras yo descubría la figura de una casa despellejada, con restos de un remoto encalado y balcones abiertos hacia una cascada de retales verdes. La puerta estaba entornada; cruzamos por ella con paso dudoso, sin dejar de mirar a un lado y a otro, y nos adentramos por el corredor hasta llegar a una salita que parecía una sacristía. Allí estaba Dulce en su silla de ruedas. Tenía una labor entre las manos que depositó sobre el regazo para ofrecerle los brazos a Ventura. Él correspondió sin entusiasmo tras abandonar la bolsa de viaje en el suelo. Yo observé que la mujer estaba vencida por el peso de una joroba desproporcionada respecto a las dimensiones del resto de su cuerpo. Aquella frágil anciana me produjo un extraño repelús, por eso la besé como se besa a los viejos, procurando no sentir sobre mi mejilla las rugosidades del rostro caduco. Pero Dulce era dulce, como no podía esperarse de otro modo, y sus palabras, marcadas por un acento extraño, en seguida empezaron a fluir armoniosamente de sus labios y a envolverlo todo en una música indescifrable.

Con los días Dulce me cautivaría y hasta llegué a pensar que su joroba era un depósito de ternura. Nunca supe muy bien cómo había aterrizado en aquella casa, ni qué grado de parentesco le unía a los padres de Ventura, suponiendo que le uniera alguno. Ventura se limitaba a decir que era una solterona y que siempre la había conocido allí, sentada en su silla de ruedas y tejiendo interminables labores de ganchillo. En mi corazón se estableció pronto una frontera clara entre Dulce dulcísima y el resto de la familia, una madre arrogante y voluminosa, un padre de afectos blindados, la viuda tía Asun, hermana del padre y que desde el primer momento me miró con el gesto esquinado, y Susana Cáceres. También me dejé querer por Susana Cáceres, una chica de nalgas temblorosas cuyo papel no estaba demasiado claro, si bien limpiaba con frecuencia la cocina y hacía camas desganadamente, aburrida ante el ansia de siestas que tenían casi todos los componentes de aquella dilatada familia. Susana Cáceres veía mucho la televisión, cualquier momento era bueno para afincar su trasero en un sofá y devorar concursos con un tarro de magdalenas en la mano. Susana Cáceres me miraba y alargaba el tarro para que cogiera magdalenas, pero, como yo rehusaba, pasaba a ofrecerme refrescos, café, tila o una copita de coñac. Las botellas estaban alineadas en una pequeña vitrina y ni siquiera el padre, que tenía voz de bebedor impenitente, sucumbía a su tentación. La madre era un arrebato de actividad, recorría la casa cientos de veces, hacía incursiones por el jardín con un machete en la mano para doblegar aquella espesura de carne vegetal, trasplantaba las plantas de macetas, teñía el pelo de tía Asun y todas las noches cargaba con Dulce dulcísima para llevarla a la cama. Tenía un cuerpo poderoso, el escote cuajado de verrugas y unas facciones de trazo fuerte en las que no se adivinaba un solo rasgo de Ventura. Junto a ella el padre era un curioso postizo. El padre sí tenía rasgos de Ventura, quizás la forma de mirar, o la disposición de la frente, abierta y limpia como un parabrisas, cierta dejadez de hombros y una forma especial de andar, con los pies en acento circunflejo, casi tocándose por la parte de los dedos, abiertos luego los talones hacia afuera.

La voz de seda de Dulce dulcísima, que veía pasar

la vida desde su silla de ruedas mientras los demás deambulaban como impulsados por un mecanismo sin rumbo, constituía el mejor entretenimiento para rellenar el hueco de las sobremesas, con aquellas horas apelmazadas en las que Ventura dormía sin dejar de silbar, como si tuviera entre los labios el pito de un árbitro. Dulce dulcísima me contaba historias de los prójimos, historias que sonaban a libros, porque Dulce dulcísima alternaba las vainicas y los ganchillos con largas sesiones de lectura y todo lo impregnaba de un halo ilustrado, con muchos puntos y muchas comas, con ristras interminables de adjetivos y una musicalidad que iba más allá de su enigmático acento. Aquella anciana era capaz de recitar a los románticos del siglo XIX con la facilidad que contaba los puntos de las cadenetas, y todo le sabía a gloria, lo mismo una rima de Bécquer que una página de *Crimen y castigo*. Más de una vez me pregunté si Dulce dulcísima no sería la madre de aquella hipotética tía Asun, porque evitaba hablar de ella y la miraba siempre con gesto arrebolado y blando. Sin embargo, por algún resquicio de sus relatos siempre asomaba un punto de misterio que era la clave de su propio misterio.

Fue una semana muy extraña. Ventura y yo dábamos largos paseos por el jardín, apenas nos acercábamos a la ciudad, comíamos como fieras hambrientas y ocupábamos habitaciones separadas. A veces también jugábamos a las cartas o nos encerrábamos en nuestros respectivos cuartos a leer. El mío era un cuarto sin ventanas ocupado por una gran cama de caoba con un cabecero presidido por un cristo al que le faltaba un pie. La cama estaba cubierta por una colcha blanca de crochet, con cinco cojines, también blancos y de crochet, distribuidos estratégicamente sobre la colcha. En la mesilla de noche había una lámpara que era una cariátide en cuya cabeza reposaba la pantalla. La lámpara iluminaba débilmente un portarretratos con la foto de una mujer joven y sepia, o sea, de una mujer que fue joven hace muchísimos años y a la que yo trataba de buscar parecidos con tía Asun o con Dulce dulcísima. Vestía un traje de mangas abullonadas, con unos puños larguísimos decorados por una hilera de botoncitos, y con la mano sostenía un abanico cerrado y un bolso forrado de tela clara. Yo la miraba a ella y ella miraba al objetivo, es decir, ella me miraba a mí, y ese cruce de miradas producía una turbulencia que de noche se colaba en mis sueños y me sobresaltaba.

En algún momento indeterminado, tal vez a la hora de la cena, cuando toda aquella desunión de gentes coincidía en torno a la mesa, la madre de Ventura hizo una alusión a nuestro futuro. Fue un comentario de pasada, ni agradable ni desagradable, pero a mí se me antojó mortificante porque Ventura bajó los ojos y ni siquiera replicó con palabras educadas. En el fondo quizás la madre tuviera razón. No sabía qué propósito había en nuestra visita, y si éramos novios o dejábamos de serlo, y tampoco comprendía qué esperaba Ventura de la familia después de tantos años de esquinazo. Ventura y yo sostuvimos una larga discusión ese mismo día. A mí me dolió el comportamiento de Ventura —o su ausencia de comportamiento— y pensé que tal actitud de cobardía era un bofetón para mi ánimo enamorado. La irritación prendió en mi cuerpo, di las buenas noches a Dulce y sin dirigirle la mirada a Ventura salí al jardín para regodearme en la noche, que estaba como embarazada de negritud. Mi cabeza era un estallido de puñales y la memoria me traía sin parar imágenes del pasado, cuando nos conocimos en un viaje organizado por amigos comunes y él rehuía estar a mi lado, o después, cuando me pidió que no le quisiera tanto, o más tarde, cuando se desdijo y quiso que volviera a quererle. Ventura era un hombre agitado por sus propias contradicciones y ahora volvía a demostrarlo. Recordaba las primeras noches con él, o las últimas noches sin nadie, las noches de siempre, tan parecidas a la noche de aquella noche. Entonces quise llamar su atención, pero me salió mal.

Cuando Susana Cáceres, con sus mejillas como pellizcos, se levantó para llevarle la leche caliente a Dulce dulcísima, en el comedor estaba aún la luz encendida bajo los párpados de una lámpara de lágrimas. Descalza anduvo el corredor, los pechos le bailaron en su camisola de algodón y por la rendija de una puerta entreabierta pudo adivinar el bulto de tía Asun en la cama. Sentía el peso del sueño sobre los ojos, pero la curiosidad la llevó hasta el salón y allí vio, arrugado en el suelo como una ese, el cuerpo de una mujer. Estaba envuelto en color cera y junto a ella había una botella de coñac. Susana Cáceres pensó que era la imagen de la muerte y lanzó un grito que le vació la voz. Yo no me daba cuenta de nada porque yo era la mujer que estaba tendida en el suelo con el cuerpo embriagado de rabia.

Fue así como se lo pagué.

La sexta visita fue allí, y sucedió tras la cuarta visita, que fue aquí, y tras la segunda, que fue allí, al igual que la primera, que también fue allí. No contabilizo el resto de visitas impares porque ésas se celebraron en territorios neutrales y por tanto no adquirieron el carácter de visita sino de encuentro. Llegábamos, nos veíamos, buscábamos un hotel para el desfogue y nos despedíamos precipitadamente, como si estuviéramos librando una batalla contra el tiempo. Pero la sexta visita, ya digo, fue allí y yo llegué a ella pertrechada de ilusión, con la maleta rebosante de regalos y mariconadas, libros que él no leía y camisones que yo no me ponía, pues en el momento de la verdad nos sobraban las referencias literarias y los encajes, íbamos a lo que íbamos sin darnos cuenta de que a fuerza de tocarnos tanto estábamos socavando nuestros cuerpos y con ellos, nuestras almas, porque nuestras almas habitaban al final del sexo, en la última sacudida de la penetración. Con la punta del pene él tocaba mi alma y yo la suya, que tenía blindaje de acero y sin embargo se derretía en el orgasmo como no la había visto derretirse a ningún hombre. Sucedían lluvias de placer que nos horadaban más y más el cuerpo, éramos una oquedad que sólo el otro tenía la capacidad de rellenar; en cierto modo cada uno de nosotros constituía el molde del otro, se había producido el fenómeno de la acoplación perfecta y no estábamos dispuestos a sacrificar tal privilegio.

Duró una semana, pero cuando divisé su rostro en el aeropuerto supe que aquella visita podía significar la eternidad. Estaba apoyado en el vértice de una pared, distanciado del resto de personas que esperaban a otros pasajeros y de los agentes turísticos que llevaban un cartelito en la mano con apellidos indescifrables. Al principio no lo vi, o me hice la loca, pero rápidamente fui engullida por sus ojos y sentí el peso de su mirada sobre mi cuerpo, que empezó a bullir y a palpitar, como si desde la distancia me hubiera inoculado el virus de la avidez. Nos recorrimos en silencio y el tiempo se nos derritió en la boca con todos los jugos del deseo. Estaba desmejorado, y bajo su pelo de agua me pareció adivinar un aire somnoliento que potenciaba su morbosidad. A la luz del día los años se le desplomaban en las mejillas, y el rictus de su sonrisa adquiría el tono agridulce de las gentes lascivas o misteriosas. Leo era lascivo y además misterioso, pero ese día estaba tocado también por un extraño decaimiento que, lejos de decepcionarme, reafirmó mi capricho. En su coche destartalado recorrimos el camino del aeropuerto a la ciudad sin apenas mediar palabra. Intercambiamos sólo las mínimas preguntas de cortesía, nos miramos con el rabillo del ojo sabiéndonos reprimidos mutuamente, y casi al final, después de librar una batalla con mi pudor, yo le dije que había pensado mucho en él. Entonces Leo levantó la mano derecha del volante y la depositó en mi pantalón. A punto estuve de fundirme.

Los días y las noches transcurrieron como un sueño atropellado. Escasos eran los momentos en que nos apeábamos de la nube para hablar de temas minuciosos que afectaban a nuestras respectivas vidas. Leo, en campo propio, adquiría una grandeza especial. Me gustaba verlo discutir con los vendedores callejeros, sentarme bajo la sombra de los veladores y escuchar sus relatos, esos cuentos enrevesados en los que jamás podías distinguir dónde terminaba la realidad y empezaba la ficción. Leo había desarrollado una filosofía cáustica en torno a todo y se protegía escupiendo frases cínicas, improperios que sonaban muy bien y que me hubiera gustado recoger en una grabadora para repetirlos algún día. De noche salíamos a ver el mar y su pespunte de luces en la costa, paseábamos por las calles sinuosas del puerto y tomábamos vino blanco en una taberna que dimos en bautizar como nuestro observatorio. Allí había un enorme horno que hacía unos panes grandes y redondos como platillos volantes. De haber permanecido quince días más en aquel país me hubiera puesto como una foca porque comía pan constantemente y mi tripas se hinchaban igual que se hinchan los globos cuando les soplas aire. Estaba preñada de pan, el pan era como el amor, sólo necesitábamos pan y sexo para sentirnos vivos. Fuera de las golosas sesiones amatorias, Leo se investía de un aire profesoral y me contaba leyendas de la ciudad. Hablaba de los falsificadores de monedas, de las madrugadas decadentes que escondían en sus entrañas míticos nombres de artistas y nobles británicos, de esos hoteles que ya forman parte de la historia de Oriente, del hechizo de los prostíbulos escondidos tras unas fachadas garabateadas, de los hombres que habían perdido el juicio sumergiéndose en la noche. Me hablaba de todo mientras comíamos pan o tomábamos té con pastelitos de sésamo en algún café recién descubierto, frente a un revoltijo de grúas y bocinas, de edificios descascarillados y humedades de salitre, estampas sórdidas cuyo encanto sólo es perceptible en momentos muy especiales de la vida. Todo me parecía de una belleza inquietante, las calles herrumbrosas, la truculencia de la nocturnidad, las alfombras de cochambre que lamían nuestros pies, los tullidos que subían por la ciudad vieja arañando las paredes, esas fuentes que eran el ombligo de una plazoleta, los pasadizos con profundo hedor a orín, las bandadas de pájaros sobre una playa de guijarros donde a veces paseábamos al atardecer como dos bobos. Leo evitaba hablarme de trabajo o de política, tal vez porque consideraba que yo formaba parte de un mundo que no merecía ser contaminado. Algunas cosas intuía de él, cosas que no me agradaban del todo, pero Leo sabía distraerlas con malabarismos de palabras y siempre terminaba por llevarme a su terreno, que también era el mío: el terreno de la intimidad física.

Un día quise saber cosas de su mujer, pues la idea de su existencia empezó a inquietarme y a fomentar en mí unos estúpidos resquemores. Hasta entonces no había necesitado hurgar en esa parcela de su vida, pero la curiosidad pudo más que la razón y revoloteé en torno a ella con objeto de acorralarla. No me molestaba tanto el hecho de que Leo tuviera mujer como que la escondiera y yo no lograra ponerle cara, nombre, cuerpo y voz. Bien mirado, lo que deseaba era establecer comparaciones, saber si era más alta o más baja que yo, más lista o más tonta, con melena ondulada o con melena lisa, con pantalones o con faldas, pero Leo me lo impedía. Alguna vez deslizaba hacia ella una palabra ambigua, algo despectiva, aunque luego neutralizaba el comentario con un adjetivo amable para restituirle el honor de esposa. Los hombres casados a menudo hablan mal de sus mujeres, pero tarde o temprano se desdicen, porque empeñarse en ello sería como hablar mal de sí mismos. Leo no era diferente a los demás. Me quedé, pues, con las ganas, contrariada, y los celos me arrebataron la posibilidad de mostrarme ante él como una señora. En el fondo Leo estaba encantado, le gustaba verme celosa, enrabietada, mientras él mordía mi cuerpo con su cuerpo y sugería que nos escapáramos juntos al otro lado del mundo.

Una noche bebimos más de la cuenta y allí, en la taberna que era nuestro observatorio, jugamos procazmente a la vista de todos. Cansados ya de tentarnos como animales en celo, nos fuimos abrazados hacia el coche. Unos segundos me bastaron para comprender que tomábamos un camino contrario al hotel. Leo atravesó la ciudad por calles marginales y se adentró en un barrio que, desde el interior del coche, parecía oler a fritanga y a polvo. En los bajos de las casas había bares mal iluminados, puestos de menudillos, hombres estáticos que ofrecían cambio, tabaco, droga. Las aceras eran estrechas y en ellas se arracimaban cazadores noctívagos que gesticulaban mucho y proferían voces extrañas. Leo detuvo su coche junto a una casa que tenía un pequeño rótulo sobre una ventana situada al nivel de la calle. No pregunté nada porque no deseé arrepentirme. La aventura me hacía cosquillas en el vientre y como consecuencia del exceso de vino tenía la mirada deshilachada y me costaba mucho concentrarla en los perfiles del paisaje. Atravesamos una puerta cromada y se abrió ante mí una panorámica que no guardaba ninguna relación estética con el mundo de afuera. Yo sabía que estábamos en un prostíbulo, pero a primera vista me pareció como un ambulatorio de la Seguridad Social, con las paredes lechosas y unas láminas de dibujos estrafalarios que sugerían más el apunte de un bosque que el de un cuerpo femenino despatarrado.

Nos recibieron dos hombres; uno de ellos conocía a Leo y lo obsequió con un cabezazo que delataba cierta actitud reverencial, como si Leo fuera un hombre importante y dejara allí buena parte de su sueldo. No era así. O lo era, pero no tanto. Intercambiaron unas palabras de cortesía, luego desaparecieron en el interior de un gabinete que tenía el aspecto de un despacho en desuso y cerraron la puerta tras ellos. Yo no vi a ninguna puta ni olí a ninguna puta ni oí a ninguna puta. Todo era silencioso y aséptico, deshabitado de sordidez. El segundo hombre se situó detrás de la barra de un minúsculo bar y, sin preguntarme nada, me preparó una bebida que batió en una coctelera. Recordé entonces las advertencias que mi madre nos hacía a Loreto y a mí cuando éramos niñas: «No hay que aceptar nada de ningún extraño, ni siquiera un caramelo.» Aquel brebaje era sin duda algo más que un caramelo, pero allí estaba Leo para librarme del peligro y batir su pecho contra cualquier desconocido que pretendiera hacerme desaparecer por los sumideros de la trata de blancas. Actuaba yo con falsa naturalidad, mi única obsesión era que no se me notara incómoda, así que estiré el frunce de la sonrisa y engullí el cóctel blanco en dos o tres tragos largos. El hombre también doblaba la cerviz para agradarme, yo levantaba la copa para brindar y juntos nos reíamos en nuestros respectivos idiomas. Cuando volvió Leo en compañía del *maître* principal —digo *maître*, pero desconozco cuál es la jerarquización de cargos en los prostíbulos—, la mirada aún no se me había nublado de estrellitas y el cuerpo me bailaba entero al compás de un excitante bamboleo. Me llamó por mi nombre, Fidela, y me ofreció asiento en un sofá que estaba tapizado de plástico y se pegaba al pantalón y del pantalón, a los muslos. Me junté mucho a Leo, como deseando dejar claro que formábamos parte del mismo lote, y pedí un nuevo brebaje porque el dulzor me había hecho costra en el paladar y tenía más sed.

Desfilaron en seguida las chicas. Siete, u ocho, o diez, no las conté, todas muy juntitas y bien puestas, como en fila de colegio. No parecían putas, pero lo eran. A mis ojos les faltaba edad, desgarro, canallada y literatura. Les sobraban en cambio modales y aderezos finos, pretensiones, tontuna. Luego me diría Leo que debían de sentirse cohibidas por mi presencia y deseaban quedar bien. Lo que yo no imaginaba es que me tocaría elegir la primera. Hice como quien actúa con desgana, para salir del apuro, y señalé a una morenita de rizos que tenía cierto aspecto racial, mezcla de morena de copla y mulata oxigenada con un dedo de raíz. Leo no dudó y eligió dos más, dos que no tenían nada especial, aunque una de ellas se revelaría más tarde como una buena negocianta y utilizaría todas sus artes para sacarnos más dinero. Iban vestidas con esos aderezos que prodigan tanto los anuncios de erotismo *prêt-à-porter*: ligueros, bodis de encaje, minifaldas de cuero, corpiños con el ombligo al aire, medias negras y mucho trasero marcando bulto. Los hombres valoran mucho el trasero. Leo también. Por eso las chicas esmeraron los andares ante su presencia y hasta le pasaron las nalgas por la cara.

A partir de ese momento los recuerdos son algo confusos, y cuando nos dirigíamos a la habitación llamada «Pachá room», el cuerpo se me desmadejaba solo, ausente de sincronía entre los pies y los brazos. Pedí ir al baño para revisar mi ropa interior y allí me encontré con una pequeña tropa de mujeres afanadas en ponerse a punto el cuerpo. Unas se depilaban los sobacos, otras untaban sus pechos con afeites, se retocaban el pelo o el esmalte de las uñas. En aquel compadreo mujeril me sentí bien, divertida, curiosa, un poco descarada también. Pero la procesión iba por dentro.

Que la desnuden, dijo cuando entramos en la «Pachá

room». Hizo una divertida mueca desde la punta de la nariz, y rió enseñando las encías con la procacidad de quien enseña lo más íntimo. Para entonces ya todos estaban desnudos, él y ellas, las tres, o sea, los cuatro en total; lo habían hecho sin ningún tipo de ceremonia, rápidos y eficaces, como las personas que tienen prisa por meterse en una ducha y se quedan un poco ateridas de frío, con el cuerpo simplón, cómico, los brazos resbalando sobre el cuerpo y las caderas lacias. Allí dentro hacía calor, pero a mí me pareció que aquellas mujeres usaban ademanes de piel de gallina y estaban vacías de lujuria. Sólo les salvaba que permanecían encaramadas en sus tacones y reían con risa ensalivada y pegajosa. Iban y venían atentas a él y a sus órdenes; una de ellas reptó a cuatro patas por la cama donde yo me había encaramado dispuesta a ver el espectáculo desde platea y empezó a quitarme los jeans, cosa que al principio no logró porque yo me resistía, encogía las rodillas, me doblaba como si tuviera retortijones de barriga y apretaba con fuerza el culo al colchón, un cuadrilátero de gomaespuma insuficiente para una sesión amorosa a cuatro bandas. Todo aquel movimiento nubló aún más mis sentidos, especialmente la vista, que empezó a derramarse en todas direcciones como un caleidoscopio. Lo veía a él jactándose, echándome encima a las demás, haciendo más risas, dando más órdenes, asomándose entre los escasos espacios que aquel revuelo de brazos dejaban libre, y veía su polla trascendental, que parecía el cetro poderoso de un rey y se imponía a todo. Su polla y su risa giraban alrededor de mis ojos mientras las chicas arañaban mi ropa con fuerza, primero los jeans, luego la blusa, el sostén —que era un sostén de los que se abrochan por delante y les costó quitármelo—, las bragas, los calcetines, hasta que me quedé desnuda, más desnuda incluso que ellas, como un pollito recién venido al mundo. Empezaron así los pescozones, las caricias locas, las carreras alrededor del colchón, y muy pronto mis risas, porque a mí también me hacía gracia aquel espectáculo, que no era un espectáculo erótico sino más bien circense, él anudaba su cuerpo con todas menos conmigo, a mí me controlaba a distancia y sólo de vez en cuando volvía la cabeza hacia mis risas y sin desatender su faena alargaba el brazo para pellizcarme un pezón y comprobar las humedades de mi entrepierna. Leo las sobó a todas, las humilló, les hincó los dientes repetidas veces, las penetró una a una y finalmente se vació en mí, que estaba abierta sobre el colchón como un libro de anatomía, con la cabeza colgando hacia el suelo. Me dio un beso largo, un beso hipnótico, porque yo tenía los ojos clavados en un urinario blanco, incrustado en la pared como una concha, cuya visión me llegaba al revés a causa de la postura, y eso fue lo último que recuerdo. El urinario vuelto del revés y una explosión gaseosa por todo el cuerpo, las piernas, el pecho, la espalda, las manos, los ojos, todo, como si yo fuera una botella de champán derramada de espuma.

Desperté hecha un cuatro entre sus brazos, en la cama del hotel. Acababa de soñar que iba con Ventura al cine y que yo protestaba porque había aparcado el coche demasiado lejos y me hacía andar mucho. La cara de Leo estaba un poco abotargada, tenía la boca entreabierta, los labios resecos por la parte de las comisuras, el mechón sudoroso y grasiento. No era el mejor Leo que conocía, pero todo el mundo tiene sus momentos bajos y tampoco sería justo pedirle a un amante que no esté ni legañoso ni abotargado cuando se despierta. Leo me gustaba tanto que me gustaba aun cuando no lo mereciera. Además poseía la habilidad de trastocar hasta los últimos registros de mi cuerpo, era acogedor como un camino viejo, no hacía ascos con las comidas y siempre aparcaba el coche cerca. Mi cara permanecía pegada a la suya. Mientras contaba uno a uno todos los poros de su nariz empecé a urdir la estrategia. Quería escaparme con él.

SEGUNDA PARTE

En el día de hoy Loreto ha vuelto a su casa. Al fin. Han sido cinco largos meses en los que he llegado a temer por su vida y especialmente por la mía, pues no veía yo el momento de romper esa tutela que me arrogué cuando fue abandonada por su marido y cuyas secuelas han durado hasta esta mismísima mañana, para ser exacta hasta el preciso instante en que el hombrecillo de la furgoneta ha desaparecido de mi vista llevándose las pertenencias de mi hermana. Creí que nunca iba a llegar el día. Al principio todo fue bien, ejercí de heroína y me deshice en atenciones hacia Loreto, desalojé la ropa del armario para que ella pudiera colocar sus vestidos, le ofrecí el baño de la buhardilla, instaló sus maletas en los altillos y se trajo incluso el banco de abdominales para hacer gimnasia antes de ir a trabajar. No intento ahora pasar ninguna factura. Seguro que, de haberse producido el caso inverso, Loreto hubiera tenido más atenciones conmigo. Pero las cosas habían llegado a ese punto que si te descuidas, la situación puede eternizarse, y a mí Loreto ya empezaba a parecerme eterna, era como un grano que se enquista en la vida y no hay manera de curarlo. A lo mejor no debería decirlo así, pero Loreto ha obstaculizado el ritmo habitual de mi existencia. Hasta *Rocco*, que está muy cascarrabias desde su operación, ha suspirado hondo al recuperar esa parcela de sofá que Loreto ha ocupado todo este tiempo. Porque *Rocco* y Loreto no se llevaban bien; ella le prohibía subir a cualquier parte y él replicaba siempre con un gruñido de carraca que ha sido el hilo musical de la casa durante varios meses. Cuando Loreto apareció con el banco de abdominales imaginé que esto podía ocurrir, pero puse freno a mi susceptibilidad y espanté los malos pensamientos con el brío de quien espanta mosquitos a manotazos. Definitivo fue el día que la vi colocar sobre la mesilla de noche un marquito con una foto de padre y madre en los años cincuenta, padre y madre cogidos del brazo y caminando por la Gran Vía con un aire solemne, como si en vez de padre y madre fueran Aristóteles Onassis y Maria Callas, padre más bajo que madre, recio bajo un abrigo largo de cheviot y madre arrolladora, gótica, el rostro enmarcado por uno de esos pañuelos que se ceñían al cuello y la risa estallada, a juego con unas potentes gafas de sol y unas pieles que le colgaban desde los hombros.

Loreto salpicaba su entorno de objetos y fotos queridas, como si estuviera en el exilio y necesitara aproximar a su ánimo la caricia de la familia, sobre todo de madre, que murió con media cara carcomida y no guarda en mi recuerdo la belleza de la mujer de la foto, su risa de artistaza y sus ademanes de pianista frustrada (Loreto siempre repite que madre era una pianista frustrada, con lo cual le atribuye una posible grandeza, pero yo creo que madre no llegó a frustrarse, se retiró a mitad de carrera porque jamás hubiera triunfado; nosotras fuimos el único éxito de su vida).

Después del banco de abdominales, los portarretratos y los libros, llegaron las plantas, las cintas de vídeo, su almohada ortopédica, una televisión portátil, las hierbas digestivas y hasta un pequeño buró que heredó de abuela y que Loreto arrastra por la vida desde los veinte años. Lo peor, con diferencia, fueron las dichosas plantas. Loreto estaba siempre volcada en sus macetas, especialmente en un poto que tenía una rama larga e intrusa que, de haberle dado libertad, hubiera atravesado la buhardilla, se hubiera metido en mi habitación y luego en la cocina para salir por el tendedero y bajar hasta la calle. Loreto mimaba el poto igual que a un bebé, comprobaba sus avances, cómo reverdecían sus hojas y cómo respondía a los estímulos de sus cuidados. Todo lo que le negaba a *Rocco* se lo ofrecía a la planta. Menos mal que el poto no llegó al sofá, pues estoy convencida de que hubiéramos tenido que desalojarlo para hacerle sitio.

Mentiría si dijera que Loreto me atosigaba. No fue así. Era yo quien se incomodaba al no encontrar equilibrio en nuestras relaciones. Al principio me mortificaba la mala conciencia porque sus silencios estaban siempre preñados de dolor y yo no sabía, o no podía, hacer nada por evitarlo. Más tarde, aliviada ya de responsabilidades hacia Loreto, su presencia me coartaba para llamar por teléfono, encerrarme a deshora en mi habitación o concentrarme en mi trabajo. Pese a ello, la acompañé en varias ocasiones al abogado y fuimos juntas al cine a ver alguna de esas películas turbulentas que me vuelven el ánimo del revés. También salíamos de compras, nos cargábamos de objetos inútiles y, al llegar a casa, dejábamos las bolsas en el coche para que Ventura no nos sorprendiera y criticara nuestros ataques consumistas. Sin darme cuenta Loreto se incorporó poco a poco a su vida normal, y aunque muchos días regresaba tarde o no regresaba a ninguna hora, seguía conservando la habitación en casa para asegurarse el cobijo. Ella tenía bastantes amistades, siempre estaba dispuesta a salir y no necesitaba, al contrario que yo, librar batallas con la pereza para aceptar una invitación de última hora. Pensé que se sentiría más cómoda si le proporcionaba una llave del piso y no interfería en sus asuntos, así que por fin Loreto se independizó un poco, o más bien me independizó a mí: ella entraba y salía sin darme explicaciones, organizaba su propia cena en la cocina, grababa películas a altas horas de la noche y los domingos madrugaba para sumarse a los desayunos con Renata Tebaldi, modalidad que Ventura había institucionalizado nada más aterrizar del viaje de novios. La ruptura con su marido le brindó la oportunidad de quitarse un peso de encima, y no lo digo tanto por Fernando, el chino, sino por esos tres kilos de menos que resultaron inversamente proporcionales a la cantidad de moral recuperada. Porque todo lo que perdía en grasas lo ganaba en ínfulas. Pasados esos primeros meses de escozor que conducen al abandono físico, Loreto recobró una ilusión distinta, una arrogancia nueva y unas burbujeantes ganas de ligar. Enfundada en aquellos trajes sastre que tan bien le sentaban, empezó a alimentar la idea de una mujer diferente, una mujer a mitad de camino entre ella y yo, o sea, ni tan perfecta como ella ni tan descabalada como yo, una cosa al cincuenta por ciento, lo bueno de un lado y lo mejor del otro. No lo consiguió del todo, pero aligeró su atosigante carga de formalidad y ese aire de señorona prematura que tanto le había envidiado yo en mis años jóvenes. Seguía manteniendo a su pesar cierta actitud resabiadilla, una incontenible predisposición a dar consejos y a liberar adrenalina fregoteando baños con fe de spot televisivo, como si tuviera que comparar su blancura con la blancura de una vecina. Pero hacía esfuerzos por ganar naturalidad y ya no usaba carmines chirriantes ni se ponía sombreros imposibles. Yo le adivinaba el estado de ánimo a través de las aletas de la nariz, eso no podía evitarlo Loreto, había sido así durante más de treinta años y le tenía cogido el truco. Mientras otros necesitaban escucharla, asistir a sus ataques de fregoteo o verla hacer cuentas afanosamente, a mí me bastaba con inspeccionar la base de su nariz para comprender sus tribulaciones emocionales. Cuando se le ahuecaban las aletas, no había duda: iba camino de la euforia. Si, por el contrario, se mantenían lacias, en actitud de reposo, es que no pasaba nada. Durante aquellos meses tuve más conocimiento de los estados de Loreto por el baileteo de sus aletas que por sus propias confidencias, pues ella empezó a escudarse tras un caparazón de medias palabras y medias tintas, hurtándome con ello la posibilidad de prestarle más ayuda. Loreto, que era tan aficionada a hablarme cuando no tenía nada sustancioso que contar (estaba yo hasta el gorro de sus pormenores ginecológicos), se parapetaba poco a poco en los silencios, prueba inequívoca de que su vida empezaba a sentir la necesidad de algún secreto.

Algunos días venía Charo a buscarla y juntas desaparecían. Charo se desinteresó de mí, pero lo acepté como algo inevitable. Loreto, por su naturaleza arrolladora, siempre se había apropiado de todo lo mío, y ahora estaba apropiándose también de mi amiga. Charo y Loreto se complementaban muy bien y a veces, al oírlas, yo me sentía excluida de sus complicidades. Sibilinamente me habían cerrado el paso a su mundo, no entendía las claves con las que se comunicaban y sólo en contadas ocasiones me prestaban atención. No puedo negarlo: sentí un poco de rabia. Charo, con la que había discutido a raíz de su desaparición, estaba tranquila, llevaba una vida inusualmente convencional, había recuperado el equilibrio ecológico familiar y apenas se quejaba de su suerte. Charo nunca me dijo dónde estaba cuando ingresaron a la loca de su madre ni por qué había tardado tanto tiempo en aparecer. Loreto lo sabía, pero también ella me lo ocultó, ahondando así la pequeña barrera que existía entre nosotras. No lo comprendí hasta más tarde, cuando pasó lo que pasó y yo me quedé como sin sangre en las venas. Loreto, que se dejaba manipular por Charo, suavizó bastante sus viejas actitudes de manual del *Reader's Digest* y aprendió a responderme con evasivas, incluso a criticarme, a sacarles punta a mis faldas cortas o a mis pantalones gastados, a mis gestos sabios y a mis andares torpes. Incluso a mi melena. Bien es verdad que Loreto mejoraba por días y había ganado en presentación, pero a mis ojos era una mujer exenta de interés y poco enriquecedora, su vida transcurría linealmente y yo no hubiera dado nada por parecerme a ella. Mi revancha consistió en mantenerla alejada de Leo, cuya existencia ya le había apuntado una noche de debilidad. Tampoco ella requirió más información, pero estaba contrariada y lo expresó a su manera.

Así que cuando vi al hombrecillo de la camioneta perdiéndose en el ascensor con la rama del poto a rastras, respiré tranquila. No quisiera hacerle un feo a Loreto, que al fin y al cabo es mi hermana, pero me sentí libre.

Siempre recordaré aquella mirada que pasó sobre mi escote sin llegar a prenderse. Era una mirada descolorida y limpia como el primer rayo de sol que asoma después de un aguacero, algo resbalosa también, y quizás poco intencionada, pues ahora que lo pienso la intención estaba en mí, que crepité por dentro al sentirme mirada como jamás me habían mirado. Probablemente era una presunción mía, quiero decir que yo estaba ocupada por una mirada que no me dirigía nadie, la mirada sólo crecía dentro de mí, desde mi condición de sujeto pasivo yo la interpretaba, le atribuía contenido, voluntad, chispa y suspense, como si fuera una secuencia cinematográfica en blanco y negro (parece que se me ponen los pelos de punta según lo recuerdo), una secuencia con dos protagonistas únicos al borde del abismo inexplorado: él, un tipo que miraba sin mirar, y yo, una mujer que se sentía mirada. Pero todo era falso o, cuando menos, no era como yo lo estaba viendo. Debo confesar sin embargo que aquella tarde yo no veía nada, me encontraba aturdida y tenía más preocupación por encontrar una postura cómoda y una sonrisa de circunstancias que por hilvanar tres frases seguidas y responder a las ocasionales preguntas que me dirigían algunos de los asistentes a la recepción. Hablaba yo con la torpeza atropellada de los tímidos, sin saber qué hacer con mi cuerpo, si vencer su peso sobre la cadera derecha o si mantenerlo erguido como los demás, que conversaban con una copa en la mano, más atentos a la plática que a las reglas de cortesía. Hasta poco antes de descender con la mirada sobre mi escote, también Leo había estado enfrascado en una conversación agotadora a la que asistí como un convidado de piedra sin entender nada. Las palabras iban y venían de la actualidad al menudeo político, a los nombres propios y a las anécdotas impropias, todo mezclado y confuso, como un potaje cuyo sabor me resultaba ajeno. Aproveché la escasa cohesión física que brindaba el acto —es lo que tienen de bueno las recepciones: si te aburres cambias de grupito y en paz— para ir en busca de un cenicero y escabullirme. Los minutos se hacían larguísimos, todo me importaba un pimiento y además estaba incómoda, no comprendía qué pintaba en aquella remota embajada y esperaba ansiosa el momento de largarme al hotel. Nada de lo que se hablaba allí me parecía interesante y sin embargo aguanté, una fuerza extraña me retuvo en aquel salón desangelado, si los destinos están trazados de antemano debo admitir esa posibilidad: alguien dirigía mi vida desde fuera y yo obedecía como un fiel robot.

Poco tiempo antes había empezado a germinar en mí la idea de la derrota. Me sentía atrofiada, pasiva, y caminaba con los hombros abatidos como si la vida me pesara más de lo que mi cuerpo estaba dispuesto a soportar. Él me lo comentaría más tarde; se había fijado en mi pereza de movimientos, en la curva blanda de mis hombros y en el cansancio que delataban mis andares. Leo siempre veía más allá. Pero a mí no me pesaba nada, tengo que advertirlo, si acaso la ligereza, que en lugar de aliviarme me vencía, porque era una ligereza plúmbea, alimentada por la certidumbre de que en el último año mi vida se encontraba hueca de experiencias. El peso del vacío aprisionaba, pues, mis gestos, mis palabras, mis aburridas sonrisas, incluso mi forma de disparar las niñas de los ojos. Estaba cansada porque no me sucedían cosas, pero yo no lo pensaba, o lo pensaba pero no lo combatía. El hastío de tanta normalidad había prendido en mi vida, y sin darme cuenta echaba en falta esos enloquecidos percances de juventud que para sí hubieran deseado algunas protagonistas de ficción. Porque durante mucho tiempo yo había sido la persona más interesante que conocía, nunca paraba de hablar de mí y sorprendía a todos con las cosas que me habían pasado y que ahora empezaban a darme la espalda como si ya no tuviera valor para encajarlas.

Entonces su mirada cruzó el abismo y se detuvo frente a mí. Era una mirada normalísima aunque yo creyera lo contrario, y me tensé entera, desde el dedo último del pie, donde tengo ese pequeño callo cuyas durezas no me canso de hurgar, hasta el primer rizo de mi melena. Había huido del grupo con el pretexto de buscar un cenicero y me abría paso con el cigarrillo en una mano y la otra debajo, formando cuenco, para recoger la ceniza que amenazaba con derramarse. Como en las escasas mesas de la sala no había un solo cenicero, me aproximé a la ventana dispuesta a apagar la colilla en un macetero. Tuve que deslizarme entre la gente haciendo filigranas con el cuerpo, rozando a unos y a otros, excusándome por interrumpir, por pisar, por enganchar mi reloj al jersey de una señora que se sintió molesta, por fumar —hasta entonces no me había dado cuenta de que no fumaba nadie— y casi por estar allí, pues a todo lo ya expuesto se unía el hecho de que nadie me conocía, salvo la persona que me había invitado, que tampoco me conocía tanto, las cosas como son.

Yo estaba de espaldas y él me seguía. Dicen que las miradas se sienten también de espaldas, pero yo no noté nada, me di de bruces con ella al volverme tras apagar la colilla y la vi resbalando hacia el escote, donde se detuvo unos segundos, dos o tres, a lo mejor menos, lo justo para que yo brincara por dentro y me llevara instintivamente la mano al pecho en un gesto estúpido y puritano. Él se dio cuenta, pero yo no pude deshacer el ademán ni decirle que no era una puritana estúpida y que sólo estaba incómoda, primero por la presencia de esa gente en aquel acto tan aburrido, y segundo por mi propia indumentaria, pues me había vestido con una blusa fina y notaba la marca de mis pezones en la seda. Más que incómoda me encontraba insegura, como cuando llevas el pelo sucio o una carrera en las medias. Pero no pude decir ni hacer nada, permanecí con la mano estampada contra el pecho, disimulando lo indisimulable, mientras él descendía hacia el vértice del escote y sus ojos de agua, de primer rayo de sol después de un aguacero, acariciaban mi piel encogida y fresca. Alargó su brazo y yo me quedé como de pasta de boniato, que diría Loreto, con un sofoco que me iba y otro que me venía. Fue patético. Él me tendía algo con la mano: era mi hombrera, la más asquerosa y sobada de todas las hombreras que tengo (por eso la uso, claro, porque ya ha cogido la forma de mi cuerpo y está moldeada a mi arquitectura), llena de pelusa de los jerseys y con el velcro gastadísimo. Se me había caído al suelo cuando me dirigía hacia la ventana y él había tenido la delicadeza de recogerla. Horrorizada, se la arrebaté de las manos y entonces su sonrisa se volvió cínica y sus ojos dejaron de parecerme líquidos como el sol después de un aguacero. Pero eran los ojos de Leo, aquel primer Leo que hallé vestido de uniforme, con la comisura de los labios subrayada bajo su poderosa nariz de narcoadicto y un perfil distinto a todos los perfiles conocidos hasta aquel día. La enfermedad del amor acababa de desatarse.

Me he mordido las uñas, y no sólo las uñas sino la cutícula. Me he mordido también una ampolla que me salió ayer al quemarme con aceite mientras freía unas croquetas congeladas. Era una burbuja tersa, brillante, llena de líquido, y al romperla con los dientes se ha desinflado como la piel de un globo. Seguramente he mordido más cosas, porque estoy aprendiendo a dejar de fumar y todo se me antoja apetecible. Sin ir más lejos, los bolígrafos y las patillas de las gafas. Para distraer mi ansiedad he salido al balcón a leer un rato, pero cuando estaba a punto de morder también el libro, una ráfaga de sol me ha iluminado las piernas y he visto que la depilación del otro día no dio los resultados esperados. Algunos pelitos rebeldes brillaban como púas, así que he ido en busca de las pinzas de las cejas y me he entregado a la faena de arrancarlos uno a uno. Dada mi persistencia, la operación ha terminado en masacre. Había pelos que estaban incrustados bajo la piel y se resistían tanto a salir que hubiera necesitado un bisturí. Con el entretenimiento apenas he echado en falta el tabaco, pero he llenado de estigmas mis extremidades inferiores. No lo puedo evitar: soy una maníaca de la depilación. En verano, mientras tomo el sol en la playa siempre me descubro pelos insospechados que termino arrancando con las uñas. Debe de ser cosa de familia. Me refiero al gusto por rastrear minuciosamente la epidermis. A Loreto le pasa lo mismo con las espinillas. Le vuelven loca. Recuerdo que al chino siempre lo ponía boca abajo para explorarle la espalda. Él se dejaba hurgar y hasta parecía que entraba en trance mientras Loreto hacía interminables batidas por su torso. De pronto Loreto se ensañaba con una espinilla rebelde, la oprimía una y otra vez, y otra, y otra, hasta que el chino emitía un grito desgarrador, daba un respingo y se levantaba precipitadamente abrochándose la camisa. A mí las espinillas me producen un poco de asco, y nunca se me ocurriría pedirle a Ventura que hiciera de víctima para que yo pudiera dar rienda suelta a mis instintos demoledores. Con Marius lo he intentado alguna vez, pero no se deja. Me llama sádica. A Marius las espinillas se le infectan y por eso luce la nariz como un mapa. Igual que su padre. Yo, en cambio, aunque soy de piel jugosa no tengo una gota de grasa, y Leo dice que mi textura recuerda al culito de un niño. Me gusta que Leo diga cosas así, que tengo la piel como el culito de un niño o que mis muslos lloran como violines alrededor de su cuello. No sé qué pensaría si me viera ahora, con estas trazas, las piernas llenas de señales rojas y las uñas mordidas. Pero no puedo más. Quiero quitarme de fumar y ninguno de los consejos que he leído en las revistas ha logrado convencerme. Charo lo dejó gracias a la ayuda de un acupuntor, porque Charo es así, un poco china, un poco estreñida de gustos, y cree en la acupuntura y en la homeopatía. Yo, sin dejar de creer, tengo ciertas reservas, me dan grima las agujas y además no entiendo que para curarme la adicción al tabaco hayan de inyectarme nicotina, como no entiendo que para curarme la neurosis hayan de atizarme una ración de locura.

No me siento mal, no me duele nada, y la tos que tengo es de origen nervioso, pero voy de un lado a otro de la casa sin orientación, el cuerpo me pica por dentro y respiro con avidez, como si el aire se fuera a terminar de un momento a otro. El otro día me sucedió algo extraño: acababa de vestirme y quería buscar unos zapatos en el armario. Para ser exacta, quería pero no podía. Era como si mi cabeza no supiera enviar la orden a mis pies, porque los pies caminaban solos hacia todas partes menos hacia el armario. Yo tenía consciencia de mi desorientación, pero no lograba rebatirla, giraba alrededor de mi propio eje, entraba y salía del cuarto, me sentaba en la cama, cogía cosas, las soltaba, y así todo el rato. La cabeza iba por un lado y el sistema locomotriz por otro. Pensé entonces (¿realmente lo pensé o fue sólo un destello, la ilusión de querer pensar?) que me vendría bien tomarme un tranquilizante, pero tampoco mi cabeza les comunicó a mis miembros el mandato de dirigirse al botiquín donde guardo los medicamentos. Incapaz de organizar aquel caudal de sensaciones confusas, rompí a llorar, hasta que apareció la asistenta y me encontró tendida en la cama con cara de pasmo. No supe contarle lo que me pasaba porque en mi cabeza no había palabras, ni ideas capaces de convertirse en palabras. Sólo quejidos, balbuceos, muecas dispersas. Me tapó los pies con una manta y poco a poco me zambullí en un sueño que me reconcilió con mi propio cuerpo. Al despertarme la oí despotricar de los barbitúricos, del tabaco, del whisky y de la vida que no es vida. Ella nunca podrá comprenderlo, como no lo ha comprendido Ventura a pesar de los años transcurridos a mi lado. Esa ansiedad que ahora me perturba ya habitaba en alguna parte de mi mente antes de manifestarse. Es la misma ansiedad que ha devorado a otras mujeres de mi familia. La he descubierto en la mirada remota de la bisabuela, aprisionada hoy en un retrato borroso, o en esa otra más próxima de tía Loreto, que fue, y es, una mujer inquietante cuya vida ha navegado siempre entre espejismos. Tía tiene el alma hecha de delirios, aunque la familia ha preferido silenciar su problema desviando la atención hacia su extravagancia o hacia el abandono de los principios morales. Casada con un músico (ella, igual que madre, fue educada para ser pianista, pero también como madre se quedó en el camino), tía Loreto se separó de su marido cuando en este país sólo se separaban algunas meretrices desvergonzadas. La recuerdo flaca, nudosa como un cepo, altísima y soberbia, sumida en agotadoras crisis sentimentales y acorazada tras un carácter despótico. Yo heredé su tendencia al desequilibrio. Y si no la heredé, la aprendí mirándome en el espejo de sus actos.

Siempre, hasta donde me alcanza la memoria, he estado poseída por la desazón. De pequeña me dio por arrancarme las pestañas y padre tuvo que ponerme dos aparatos ortopédicos en los brazos para que no pudiera doblar el codo y tocarme los ojos. Mi hermana era mi muleta, me sonaba la nariz, me acercaba patatas fritas a la boca y me arreglaba el pasador del pelo. Tiene gracia recordarlo, pero aquel episodio infantil constituyó un drama familiar y padre me llevó de peregrinación por varios médicos. No tendría yo más de siete u ocho años. Las fotos de primera comunión fueron unas fotos distintas a las del resto de las niñas. Mientras ellas posaban con un misal entre las manos y la mirada baja, a mí me colocaron frente al fotógrafo, con los ojos abiertos como soles para que no se apreciaran los párpados desnudos. Un día le oí comentar a la abuela que los genes dan saltitos por las generaciones, y así, de la misma forma que un negro puede tener un hijo blanco y después un nieto negro, también un loco tener un hijo cuerdo y luego un nieto loco. En realidad la palabra loco no la utilizaba nunca, pero se le suponía. La abuela se refería de este modo a su padre, aquel pobre hombre que abandonó a la bisabuela antes de morir de parto, pero evitaba mencionar a tía Loreto porque a raíz de su separación matrimonial la borró como se borran los malos recuerdos; sólo dejó una foto de cuando aún formaba parte de la cuadra familiar y era una mujer esquiva que se sacudía las represiones aporreando las teclas del piano.

Quiero, pues, dejar de fumar. Exactamente no es que quiera dejar de fumar, porque me gusta el tabaco y deseo que siga gustándome, pero sobrellevo mal esa atadura, y además Ventura protesta porque según él cualquier día saldremos ardiendo de la casa. Todas las encimeras están sembradas de manchitas amarillas. Especialmente las de la cocina y el cuarto de baño. A veces dejo un cigarrillo apoyado sobre un mueble y cuando quiero darme cuenta ya ha conquistado el borde. Entonces mojo el dedo con saliva y froto insistentemente, pero es tarde y la mancha no se quita. Supongo que a otros fumadores les sucederá igual. En mi corazón también hay una mancha amarilla que no se quita. Mi vida está llena de nostalgias, pero no es una vida color sepia. Mi vida es color nicotina. En casi todas mis evocaciones hay una nube de tabaco. Me gusta fumar mientras escribo, mientras cocino, mientras me maquillo, mientras como —entre plato y plato, aunque sea de mala educación— y en la cama también, antes o después de hacer el amor, incluso durante, porque el amor no es una cosa que se hace y punto, sino que se estira, se encoge y puede durar cuarenta días y cuarenta noches, como el diluvio universal. Yo fumo mucho cuando hago el amor. Fumo, hablo, mastico chicle, canturreo, bebo agua —¿por qué será que el sexo me da tanta sed?—, río, huelo, evoco, juego. Leo me ha enseñado que el sexo es una categoría superior donde están contenidas las demás categorías. La gente vive y después folla, como si fueran dos cosas opuestas, clandestinas la una respecto a la otra, o la otra respecto a la una, y luego de follar hace como si nada, se inviste de una extraña dignidad y vuelve a vivir. El cigarrillo de después es en realidad un cigarrillo inaugural y quizás también de olvido, porque muchas personas recuperan la compostura olvidando ese alborozo de sensaciones que ha delatado la imagen más auténtica de sí mismas.

No sé por qué digo todo esto. Será un rodeo para hablar de Leo, pues él está al principio y al final de todos los pensamientos, su rostro golpea mis parpadeos y no consigo centrarme en otras imágenes y otras ideas que no estén inspiradas por él. Pero también me falta el tabaco para alcanzar un ápice de tranquilidad y desalojar de mi cuerpo una obsesión que parece tener origen desconocido. El humo forma parte de mi ecosistema. Necesito fumar como necesito el oxígeno. Quiero combatir esa dependencia con todas las armas que la razón pone a mi alcance, pero cuanto mayor es mi lucha, más fuerte se hace también la obsesión y, por tanto, la dependencia.

No tengo tabaco a mano. He decidido dejar la cajetilla en el buzón de la correspondencia para poner freno a mis tentaciones. Cuando ya no puedo más, bajo al portal, rescato la cajetilla del buzón como quien rescata el tesoro de un cofre, y cojo un cigarro. Sólo uno. La penitencia que me impongo es implacable: nada de ascensor. Cada vez que sufro una sacudida de necesidad, mis piernas devoran escaleras con un frenesí desaforado. A fuerza de repetir el ejercicio varias veces al día ya podría hacer el camino a ciegas. Conozco perfectamente los ladridos del perro del tercero —su intensidad, su espesura marrón, su frecuencia—, el macetero que me sale al encuentro en el rellano del cuarto y que driblo con maestría casi futbolística, el olor a brócoli que impregna el descansillo del quinto y la sonrisa resignada de la señora de la limpieza, a quien siempre sorprendo con el piso recién mojado. Podría reproducirlo todo con una fidelidad perfecta, hasta los diseños de los felpudos que salpican el recorrido. Los primeros días que puse en marcha el experimento contaba las escaleras de una en una, pero en seguida me aburrí y ahora compruebo cuántas escaleras soy capaz de restar engullendo peldaños de dos en dos. Cuando llego al ático resoplo como una olla exprés. A lo mejor no consigo dejar el tabaco, pero se me pondrán unas piernas fantásticas, digo mientras enciendo el pitillo con mano temblorosa. Fumo para curarme la obsesión de Leo, y pienso en Leo para quitarme la obsesión del tabaco. Al final la obsesión se duplica porque una idea me conduce a la otra y no puedo fumar sin dejar de pensar en Leo ni puedo dejar de pensar en Leo sin encender un pitillo. Es un juego perverso: el tabaco, Leo y, entre medias, las escaleras. Cuento las escaleras para simplificar mis pensamientos, pero la cabeza se me llena de números y por la noche mis sueños son desfiles de peldaños que cruzan la vida sin parar nunca, como las escaleras mecánicas de los grandes almacenes. Yo escalo peldaños sin tocarlos, igual que cuando voy por la calle y camino por las aceras tratando de no pisar las rayas de las baldosas. En mis fantasías nocturnas las rayas y los peldaños se reproducen atropelladamente, y cuando me despierto tengo esas imágenes tan enganchadas al cuerpo que me siento hecha de geometrías imposibles. En cuanto tomo el primer café y pongo en marcha los mecanismos de mi consciencia, voy hacia la puerta del piso, y de la puerta a las escaleras, y de las escaleras al tabaco. *Rocco* baja conmigo hasta el portal, y se me enreda entre las piernas mientras cruzo descansillos, felpudos y cubos con fregonas. La primera dosis de nicotina despierta en mí el recuerdo persistente de Leo. Imagino que me está esperando y empiezo a contar los días que faltan para reunirme con él. Este mediodía, cuando he bajado a buscar el tercer cigarrillo del día, en el buzón he encontrado una carta suya. La he abierto casi sin respirar, con los dedos disparados.

Fidela: como dice el disco que me regalaste, hoy comienzan de nuevo mis noches sin ti. Todavía llevo en el cuerpo la huella latente de tu presencia, el chasquido de los besos, la lumbre de tus muslos, esa espiral de fantasías que construimos para atrapar estrellas, la premonición del huracán y el huracán mismo del orgasmo que jamás he tenido, y luego el dulce cansancio y la luz de tus párpados entreabiertos. Todo lo que hasta el miércoles fue mío, lo sigue siendo pero de otra forma. Porque lo nuestro no es un recuerdo. Igual que montar a caballo no es algo que se recuerda sino que su conocimiento te acompaña siempre aunque ya no cabalgues.

Las palabras de Leo han precipitado en mí una brusca necesidad de él. Me sentía una mujer incompleta, he cogido la cajetilla y, para aliviar mi nerviosismo, he pasado el resto del día fumando como una descosida.

El mar se metió bajo mis faldas. Era verano, y como siempre que era verano, un alborozo de caricias se había apropiado de mi cuerpo. Desde entonces lo he sentido así. El verano se materializaba en sensaciones concretas cuya degustación alcanzaba la magia de un ritual. Tras las pesadillas de los exámenes en el liceo, asociados siempre a un revuelo de golondrinas que cruzaban el cielo del patio delirantes de luz, venía el festival de fin de curso, la despedida con guitarras, el intercambio de direcciones, las lágrimas bobas. Y luego, olvidado ya todo —los exámenes, las guitarras y las lágrimas—, aparecía el pórtico exultante del verano, con un decorado que se abría hacia el horizonte sobre una playa de arena abrasadora donde, año tras año, coincidíamos las mismas gentes, las mismas familias, los mismos adolescentes que crecíamos y nos amábamos y nos odiábamos, las mismos padres que vigilaban nuestro baño desde la orilla y que, siempre a las dos en punto, nos apremiaban a sacudir toallas, cargar bolsas, sombrillas, zapatos, y a iniciar el camino de regreso por un sendero empinado e infernal. De aquellos veranos lo recuerdo todo con minuciosidad:

las carreras por llegar los primeros a la ducha, el almuerzo en el porche ante la visión de un jardín siempre sofocado, las siestas acompañadas por el canto amarillo de las cigarras, las carreras de bicicletas o las panzadas de horchata, pero lo que más recuerdo es aquel camino de vuelta a casa desde la playa, siempre con el traje de baño empapado y el salitre pegado a los labios. Podría ahora pasar la lengua por ellos y sentir el sabor caliente y salado con la misma intensidad, porque en aquel sabor están atrapados un caudal de recuerdos a cuya evocación nunca podré sustraerme, aunque los años pasen y los veranos vuelvan a ser un día tan luminosos y ardientes como los de entonces.

Pero el mar se había metido bajo mis faldas y en las piernas me acariciaba una espuma como de cerveza. Muchos otros días habíamos cometido travesuras, pero la de aquella tarde fue especial: el muchacho me retó a bañarme vestida y yo quise ganarle la apuesta. Varias veces he vuelto a bañarme vestida después, siempre intentando alcanzar un destello de aquel placer que estaba más alimentado por la transgresión que por el abrazo del agua y el abrazo del muchacho sobre el abrazo del agua. Pero era un gran placer sin duda, primero el rizo fresco del mar en las piernas, como cosquillas de una mano ascendente y azul, y luego el agua rozando la orilla del vestido y mordiéndola, conquistando poco a poco el tejido hasta que el cuerpo entero se convertía en un traje de agua aplastado a mi silueta. Él reía, voceaba, me incitaba a bucear y a dar volteretas dentro del agua. Lo hice todo para complacerle, o quizás para complacerme a mí misma y demostrar que era capaz de hacer lo que cualquier chico, especialmente si el chico me gustaba como me gustaba él, aunque no fuera de la pandilla y tuviera sobradas razones para sospechar que no lo sería nunca. Ni siquiera se lo había confesado a Loreto. Era un secreto que guardaba bajo la piel del bañador. Él trabajaba en las obras de construcción de uno de los muchos chalés que por aquella época ya habían empezado a romper la armonía de un paisaje poblado de pinos y alcornoques. Era bajito, renegrido, con los ojos pícaros y algo descarados. El primer día de conocernos me compró un helado, el segundo me contó chistes verdes y el tercero me llevó a la playa. Jugamos en el agua hasta que se nos arrugó la tarde en los dedos, él escurrió mi vestido, me ayudó a secarme, sacudió la arena de mi pelo y luego propuso que fuéramos en bicicleta a un pueblo cercano donde había uno de los tugurios más celebrados de la comarca. Nunca llegamos al pueblo porque se nos pinchó una rueda, pero bebimos cubatas (entonces se llamaban cuba-libres) y comimos pipas en un bar frecuentado por alemanes de cogote encendido. Pasada la medianoche, cuando regresé a casa, mis padres ya habían dado parte de mi desaparición a la Guardia Civil y los vecinos organizaban batidas para buscarme por las calas próximas. Fue la única vez que padre me pegó. No un bofetón, ni dos ni tres, sino muchos seguidos. Descargó toda su ira en mí y me tuvo castigada en casa lo que quedaba de verano. Al chico sólo volví a verlo una vez, desde lejos. No preguntó por mí ni me hizo llegar ningún mensaje. Aunque entonces aún desconocía cómo puede degradar el sufrimiento, me dolió su indiferencia y estuve sin probar bocado varios días. Pasaba las horas muertas en el porche, exhibiendo mi contrariedad y leyendo las revistas musicales que me ofrecía Loreto. Con aquella primera aventura juvenil nació seguramente el lado más oscuro de mi vida, la atracción por los chicos difíciles y una vaga pero irreprimible tendencia a la morbosidad. Tenía entonces quince años, alguno menos de los que tiene ahora Marius, y me peleaba mucho con madre a cuenta de los horarios nocturnos. Nunca he llegado a saber si mis travesuras la hicieron sufrir a ella tanto como sufro yo ahora cuando Marius desaparece de la circulación y no se molesta en llamar por teléfono para avisarme de su tardanza. Ventura tiene un talante distinto, no se muerde las uñas, no sufre ataques de ansiedad, no consulta el reloj cada cinco minutos, no se pone en lo peor, no tiene ganas de precipitarse sobre el teléfono para llamar a todos los hospitales de la ciudad, no maldice las motos, no jura en arameo y no se queda despierto haciendo crucigramas hasta el alba, mientras el miedo revienta en las sienes confundido con el latido de la noche.

Remar hacia atrás. Oigo el ruido del ascensor que sube por mi cuerpo y atraviesa el hígado, la tripa, las costillas, el cuello, así hasta coronar la cabeza, donde queda suspendido como un interrogante. Esta vez tiene que ser Marius. No me atrevo a deslizar siquiera el bolígrafo sobre el papel y cuento los segundos con una incontenible emoción de esperanza. Si Marius supiera cómo me inquietan estas esperas trataría de enmendarse. Mierda: el ascensor se ha detenido un piso más abajo, escucho el golpe seco de las puertas que se abren, luego un silencio y otra vez las puertas que se cierran. Remar hacia atrás: ciar. Los crucigramas consuelan mi agobio. En cuanto oiga el chasquido de la llave en la cerradura alargaré mi brazo hacia la lámpara y apagaré la luz, porque Marius se enfada si sabe que estoy esperándolo. No me basta con sufrir, además tengo que disimular, hacerme la fuerte, fingir que duermo y que no deseo levantarme para descubrir en su aliento un rastro de vino con coca-cola. Decreto del sultán. Pobre Marius. Él ignora que mi ansiedad está cimentada en muchas ansiedades anteriores. Pero no puedo remediarlo, su insensatez me perturba, seguro que en estos momentos viaja de paquete en la moto de alguno de sus amigos, lo imagino sin casco, con la cazadora abierta, la camiseta deslavazada y el aire fresco azotando sus frágiles pulmones. Decreto del sultán: Irade. No debería permitir que los fantasmas arruinen mi espera. Al fin y al cabo hay miles de chicos en sus mismas condiciones, chicos que viajan sin casco en una moto, que se arremolinan en los abrevaderos nocturnos o están de pie en las aceras, con el lomo adosado al capó de un coche. Muy importante para Oscar Wilde: Ernesto. Chicos con el mismo uniforme de Marius, idéntica cazadora, una camiseta de algodón asomando por debajo de la cazadora, la camiseta interior asomando a su vez por debajo de la camiseta que asoma por debajo de la cazadora, el corte de pelo al uno y unos zapatos de suela gruesa que al contacto con el parquet producen un sonido como de tambor de semana santa. Me costaría distinguir a Marius entre un millón de chicos. Miento: lo reconocería por las orejas, que se le distancian del cráneo con una fuerza cómica. Es en lo único que se parece a mí. En las orejas. De bebé le ponía esparadrapos con el fin de pegárselas, y aunque el pediatra me aconsejaba que durmiera boca abajo para facilitar la expulsión de las flemas, yo siempre lo ponía de lado a ver si así lograba plancharle las orejas un poco. Esclavos de los lacedemonios: ilotas. Según le fueron creciendo se le desplegaron como alas de mariposa. Y ahora es como es: alto, flojo de remos, con la cabeza más bien menuda y esas orejas desproporcionadas, sin rizo en el borde. Pueblo cántabro musical. Sus ojos, en cambio, son bonitos, de un color entre violeta y gris que puede alcanzar otras tonalidades según la luz. Un color irrepetible que no halla antecedentes en nadie de mi familia ni de la familia de Ventura. Porque Ventura los tiene marrones, como yo y como todo el mundo que tiene los ojos marrones. Pueblo cántabro musical: Laredo. En las facciones sí se parecen un poco, sobre todo en el cuarto inferior del rostro, la parte que va de la nariz a la boca. Su rictus de permanente desdén es calcado, a veces pienso que ha sido Ventura quien lo ha sacado de Marius y no al revés, porque las leyes genéticas seguro que alguna vez hacen recorridos inversos. Eso debería investigarse. Indio de Tierra del Fuego. Ventura produce efectos miméticos en Marius, pero también adquiere con el tiempo cosas de él, hasta el punto de que a menudo yo misma me pregunto dónde empieza uno y termina el otro. Indio de Tierra del Fuego: ona. Pero son las tres y sigue sin aparecer. Quizás no fue buena idea llevarlo al liceo para continuar la tradición familiar. Marius necesita un seguimiento riguroso, y en el liceo apenas dan cuenta de sus desmarques. Cámbialo al San Antonio María Claret, me aconsejó un día Coro, la mujer de un compañero de Ventura. Es genial para los niños difíciles, remató. ¿Difíciles?, ¿quién había hablado de niños difíciles?, ¿por qué presuponía Coro que Marius era un niño difícil? Algo se me revolvió en el estómago y lo que resultó de sus palabras fue una dificultad mayor: la de llegar a un entendimiento. Estábamos cenando los cuatro, Ventura y yo, Coro y el otro. Desde que me llevé a la boca la primera croqueta del aperitivo ella no paró de elogiar las habilidades de sus hijos, las matemáticas de uno y las copas de natación del otro, la gimnasia rítmica de la chica y los viajes a los Estados Unidos de todos. Me callé. Qué otra cosa podía esperar de una mujer con mechas rubias que lucía pulseritas de oro a juego con la cadena del reloj. Cuando estábamos terminando la ventresca no pude aguantar más y dije lo que no tenía que decir. Salió de mi boca sin pensarlo, como una letanía que se recita todos los días. Hablé de los niños listos sin capacidad de rebeldía y de los padres acomodados que fabrican niños listos sin capacidad de rebeldía. Ventura no hizo nada por neutralizar la tensión y los profiteroles me cayeron como obuses.

Al llegar a casa encontré a Marius grabando compacts con dos amigos. Estaban todos tumbados en la alfombra del salón, descalzos, y sobre el olor a pies habían elaborado una improvisada gastronomía de patatas con ketchup. Marius y sus amigos se reunían para preparar los exámenes, pero raramente estudiaban. Preferían grabar discos, comer y quitarse la palabra con los últimos acontecimientos deportivos. Me fui directa a la cadena de música y bajé el volumen. Coro tenía razón, pero yo no pensaba dársela nunca. Licor oriental: Arac.

Son casi las cuatro de la mañana y Marius me preocupa. El ascensor se ha parado de nuevo en otro piso. Hombre desastrado: Adán. Creo que de un momento a otro voy a volverme loca. Prometo que si Marius regresa dentro de ese ruido sostenido que ahora trepa por mis oídos, mañana daré gracias al dios que le protege.

Un azote de emoción me ha golpeado el rostro. De todos los olores que he percibido a lo largo de mi vida, éste es el que más capacidad de evocación encierra. En él reconozco muchas sensaciones archivadas en el álbum de los años. Es una ráfaga plural hecha de múltiples ráfagas pequeñas: el olor de las almendras amargas mezclado con algo ajeno que no logro descifrar, quizás la madera del sicómoro, el borotalco, la resina, los humores de una planta exótica que sólo tiene nombre en latín. Todo está contenido en un simple frasco de aceite de baño cuyo nombre había olvidado y que durante años he buscado insistentemente con la punta de la nariz. Es ahora, al encontrarlo en una vieja droguería, cuando recupero la impresión de un amor que está a punto de diluirse. El aceite me lo regaló Ventura al poco de conocernos y permaneció en la repisa del cuarto de baño hasta nuestra primera discusión. A través de la memoria olfativa he sentido de nuevo el impacto de los celos, ese arañazo que me rasgaba el estómago cuando, de recién casada, sorprendía a Ventura mirando de reojo a otra mujer y creía que me traicionaba. Sin embargo, la evocación de los sentimientos adquiere, después del tiempo, un extraño toque de ingravidez. Ahora me siento como de corcho y hasta pienso que estoy reviviendo sensaciones ajenas. Aquellos celos tienen hoy la suavidad de la espuma que se desliza hacia el sur de la bañera mientras pienso y dormito, o dormito y pienso, con todo el peso del cuerpo en el agua. Ya no cumplo veinte años, ya no soy tan posesiva, los celos ya no me rompen el estómago y ya no confundo mis pasiones con mis ideas.

Me gusta reconocerme en los olores lejanos y suelo hacer muchos experimentos para poner a prueba la memoria. Esta vez ha sucedido con el aceite de baño. Yo siempre practico un gran ritual a la hora del baño. Preparo el agua como si fuera a condimentar una paella, le echo un poco de aquí y un poco de allá, cuarto de sales, cuarto de gel, unas bolitas de aceite, jabón perfumado, y cuando están todos los ingredientes bien mezclados, meto un pie, controlo la temperatura y sumerjo el cuerpo poco a poco hasta quedarme en posición horizontal, con el borde del agua rozándome el mentón, como si estuviera en una cama de agua. Entonces siento la caricia de un placer sólo comparable al placer de la meada en mitad de la noche, cuando la vejiga te oprime los sueños y tienes que salir corriendo hacia el váter para aliviarte. El baño es relajante como una larguísima meada. Podría estar tumbada así durante horas, pero el agua se enfría, o me requiere Ventura, o deseo redondear el placer fumando un cigarrillo y caigo en la cuenta de que me falta un cenicero. Hago contorsionismo con el cuerpo para alcanzar un viejo cuenco de cristal que hay en una balda, emerjo de entre las aguas como una sirena, con los pegotes de espuma adheridos al cuerpo, pero el tacto resbaloso del aceite chirría en el marmol y cuando quiero darme cuenta ya estoy en el suelo, la cadera se me ha estampado en las baldosas y yo me veo en el hospital vestida de escayola entre un andamiaje de hierros y ortopedias. Grito y llamo a Ventura, reniego, gimo, hasta que al fin aparece y me riñe por enredar tanto. Afortunadamente sólo ha sido un susto y logro incorporarme sin su ayuda. El espejo se ha llenado de vaho, mi cara no existe, todo está impregnado de calor mezclado con aceite, ciño entonces la toalla a mi cintura y, cuando Ventura se marcha, me acerco al espejo y escribo con la punta del dedo: cabrón.

De nuevo en la bañera, deslizo la esponja por mis brazos, juego con las nubes de espuma que me rodean los pechos, contemplo mis dedos arrugados y entorno los párpados para concentrarme en una canción que reproduce el casete. Siempre llevo a Phil Collins al baño. Pongo la cinta donde he grabado muchas veces seguidas la misma canción y me atormento escuchándola. Es mi soniquete preferido. Una canción puede durarme dos temporadas, algunas veces más. Esta que suena ahora me trae a la memoria la presencia de Leo, esa firmeza silenciosa que tanto necesito. Extraño su compañía, la mano que se deposita en mi cuerpo y lo dispara. «Me llamas desde la habitación de tu hotel, en medio de un romance con alguien que has conocido, y me dices que sentiste abandonarme tan pronto», canta Phil Collins. «Y que me echas en falta a veces cuando estás sola», continúa. Eso es lo que quiero yo también, saber que Leo me echa en falta cuando está solo. Tengo la cabeza marronosa, la boca seca, los dedos fruncidos, la nuca mojada. La espuma se ha desinflado y entre el agua puedo ver la lisura de mis muslos abiertos y el paisaje del vientre arañado por la cicatriz de la cesárea. Recorro con el dedo la vieja costura y vuelven a mi cabeza las definitivas imágenes del primer encuentro con Leo, cuando germinó la adicción a su cuerpo. «No tienes derecho a preguntarme cómo me siento, no tienes derecho a hablarme tan dulcemente», añade Phil Collins. Siento la pereza adherida a la piel, ni siquiera soy capaz de incorporarme y tirar del tapón para que el sumidero empiece a engullir el agua. «No podemos continuar reteniendo el tiempo, desde ahora seguiremos viviendo vidas separadas.» Me pesa la cabeza, o más bien las pesadillas que golpean mi cabeza, no logro eludirlas, me vienen cuando menos lo espero porque ya forman parte de mí. Leo está agazapado detrás de Phil Collins; creo que Phil Collins vivió en su alma cuando compuso la canción. «No hay posibilidad de acuerdo, desde ahora seguiremos viviendo vidas separadas.» Yo no creo en las premoniciones. «Me dices cómo sentiste abandonarme tan pronto y me echas en falta a veces.»

Pero no es verdad. Leo no me ha abandonado.

El primer trabajo resultó literalmente bíblico, es decir, sudoroso, y no me fue otorgado por mi cara bonita, ni por mi incuestionable talento —que, dicho sea de paso, han cuestionado a menudo los distintos jefes a cuyas órdenes he servido—, sino por la mediación de padre, amigo de un fabricante de muebles que merodeaba en la órbita política y había montado un gabinete con el fin de organizar su estratégico ascenso al poder. Llevaba un año vagando en casa y preguntándome cuándo fructificaría alguna de aquellas solicitudes que rellenaba para entrar en una empresa de fuste. Me había licenciado en psicología con notas aceptables, y aparentemente reunía las condiciones para ejercer un trabajo con cierta desenvoltura, pero en todas las entrevistas me tumbaban los propios psicólogos; algo había en mí que no era de su agrado, tal vez el carácter hosco, o la forma de vestir, demasiado agresiva para la época —entonces usaba faldas mucho más cortas y llevaba una melena tan agresiva y disparada que todo el mundo me emparentaba con el mismísimo león de la Metro—, o el desdén con que me enfrentaba a mis examinadores, aunque quizás la única razón cierta fuera mi falta de experiencia, que a la postre se convertía en el obstáculo definitivo para empezar a adquirirla.

En aquellos meses de espera lo único que cuajó fue un anuncio en una revista ofreciéndome a escribir cartas de amor por encargo. Firmé Amadora y di el teléfono de Charo, pues me avergonzaba contarlo en casa, donde siempre se habían reído de mis cursis habilidades literarias. En varios meses me salieron cuatro encargos, es decir, cuatro cartas, ninguna de ellas digna de pasar a la historia ni como apéndice de un culebrón. El día que padre me sugirió la posibilidad de hablar con su viejo amigo acepté sin protestar, sabedora de que por mis propios méritos nunca llegaría a ninguna parte. Mis compañeros de universidad ya habían empezado a colocarse con mejor o peor suerte, y yo quería salir del atolladero en que me encontraba para no escuchar las quejas familiares, en especial las quejas de madre, empeñada en que ocupara mi ociosidad con clases de piano. Pero yo no quería saber nada del piano, nunca había querido, de niña me dormía sobre el teclado y aunque la persistencia de mis profesores logró familiarizarme con la música, no estaba dispuesta a terminar la carrera por seguir la tradición familiar. Yo quería trabajar, ganar un dinero, irme de casa, compartir un apartamento con algunos de mis compañeros ya independizados y, sobre todo, mantener relaciones sentimentales sin necesidad de dar explicaciones a nadie. Padre lo sabía —acaso también lo comprendía—, y por eso me facilitó el salto.

Entramos varias personas en la misma remesa. Todas

141

jóvenes, y supongo que, como yo, todas con una recomendación a sus espaldas. No teníamos un cometido específico, o no más específico que el de cualquier secretaria: recortábamos periódicos, escribíamos cartas, confeccionábamos dossieres, establecíamos citas con asociaciones de vecinos y acompañábamos al jefe en sus actos públicos, que no eran propiamente políticos sino más bien comerciales, pues la última motivación de aquel hombre de mostachos afilados era ampliar las redes de su negocio y vender más muebles. Trabajábamos en un garito oscuro, situado en la planta baja de un gran almacén presidido por un garito mayor desde donde el prócer lo controlaba todo: el trajín de los ascensoristas, la eficacia de las cajeras o nuestra aplicación bajo los focos. Bien instalado en su puesto de mando, aquel hombre ejercía el poder de forma totalitaria. Si alguna vez nos necesitaba, pulsaba un botón e inmediatamente una bombilla se iluminaba sobre nuestras cabezas. Había días en que tu bombilla se iluminaba tantas veces que creías volverte loca, subías y bajabas escaleras dando tropezones, entrabas en su despacho resoplando, temblona de piernas, dispuesta a escuchar una bronca con cualquier pretexto. Él no necesitaba sentirse contrariado para gritar: había en su voz y en sus modos un tono permanente de mal humor, como si tuviera una úlcera en estado rabioso. No he de hacer esfuerzos para recordar que jamás brotó de sus labios una palabra amable o una sonrisa de agradecimiento. Él era así, mandaba por mandar, refunfuñaba sin descanso y pulsaba convulsivamente los timbres para tener a todo el mundo a su disposición.

Fue una época en la que lamenté mucho mi suerte. Madrugaba para ir a trabajar, hacía trasbordo de autobuses, almorzaba en una cafetería de platos combinados, regresaba a casa agotada y me acostaba pronto para volver a madrugar. Unida conmigo en la desgracia estaba Elsa, alta y desgarrada, de andares quebrados, que se convirtió en mi guía espiritual durante los meses que hube de soportar aquel irritante trabajo. Compartíamos mesa y bombilla. Elsa no era novata y sufría menos desgaste psíquico que yo; apenas se inquietaba y encajaba el rosario de desdichas laborales con una resignación que rozaba el cinismo. Intercambiamos nuestras confidencias en aquellos inapetentes almuerzos, bajo los párpados de un toldo que nos protegía de los primeros calores de la temporada. Ella hablaba de Cesare Pavese y yo comía calamares a la romana. Repetíamos los almuerzos, las conversaciones, las sobremesas. Me convertí así en la chica de los calamares, apodo que me adjudicaron los camareros del local y que sigue utilizando ella cada vez que me escribe desde los Estados Unidos, donde contrajo matrimonio y ahora ejerce de madre de familia. Aquella interesante mujer dirigía mi vida sentimental con una maestría admirable, conocía todos los guiños de la conquista y trazaba los planes de mis actuaciones sin dejar nada a la improvisación. Salía yo en aquellos meses con un mediocre pintor que me proporcionó las primeras alegrías corporales —tres años antes había suprimido mi virginidad con la colaboración de un compañero de clase, pero eso lo recuerdo como un simple trámite ambulatorio, algo parecido a una vacuna— y a quien debo algunas emociones que permanecen intactas en mi memoria: los revolcones en el suelo de su estudio, esquivando siempre frascos de aguarrás y trapos manchados de óleo, viajes de fin de semana en un coche de segunda mano que amenazaba con desintegrarse, y tardes interminables de domingo sentados en un antiguo café desde el que recorríamos el mundo con un mapa entre las manos.

Poco a poco empecé a desgajarme de la familia, primero con la excusa de viajar, después para dormir en casa de Elsa y al fin para emanciparme. Cuando me fui de casa ya no guardaba nada en ella: mis pertenencias habían salido antes que yo; sólo tuve que coger el cepillo de dientes y despedirme, o ni siquiera eso: salí como cualquier otro día, y Loreto lo agradeció porque se quedó todo el cuarto para ella. Con Elsa adquirí muchos conocimientos domésticos, aprendí a cocinar, me inicié en los rudimentos de la cultura naturista y en la música gregoriana, cuyos lánguidos lamentos sonaban a todas horas en la alta fidelidad. El pintor se diluyó precisamente a los acordes del *Veni Creator*. Salió de mi vida como yo de mi familia, sin hacer ruido. Todo empezó entonces de nuevo, aunque quizás no fuera un principio sino una continuación natural de los acontecimientos, pero mi vida cambió de rumbo y gracias a Elsa establecí contactos que habrían de llevarme al trabajo que todavía hoy mantengo y del que no puedo renegar porque me proporciona interesantes beneficios: la redacción de folletos y catálogos. Elsa se casó pronto, pero yo siempre le agradeceré que encarrilara mis pasos.

Siempre había pensado que si alguna vez me separaba de Ventura sólo me llevaría el cuadro de las espigas. Es lo único que tenía cuando me casé y lo único que quisiera llevarme cuando me descase. Mi corazón siempre ha bailado con las espigas de este cuadro que adquirí al ganar mi primer sueldo. En realidad no es un cuadro sino una copia de otra copia, pero en sus colores están contenidos todos los vaivenes emocionales que he sufrido en los veinte años de mi última existencia, el entusiasmo, los nervios, el amor innecesario, la ternura y, al fin, esa desazón que se ha apoderado de mí y que me hace sentir como si tuviera el cuerpo burbujeando en alka-seltzer. Mis espacios vitales dejan poco a poco de pertenecerme. Sólo me quedan pequeñas reliquias, souvenirs de un pasado que deseo echar fuera para contemplarlo con distanciamiento. El mar de espigas se abre ante mis ojos como el futuro, limpio, dorado, inmenso como un abrazo. En la línea del horizonte me espera Leo y yo camino hacia él mecida por las espigas. Juntos hemos urdido la escapada y nada podrá retenerme. Repitiendo una vieja escena, volveré a marcharme en silencio. Marius cumple pronto la mayoría de edad y Ventura no lamentará mi ausencia; hará como Loreto: suspirará aliviado al saberse con todo el cuarto para él solo; tal vez ni siquiera me dedique un pensamiento en la noche, cuando levante la mirada hacia esas cejas de escayola que coronan el techo y recuerde una de nuestras primeras discusiones matrimoniales, él defendiendo las paredes sobrias y yo, más barroca, imponiendo el remate de escayola porque así me lo dictaba mi capricho.

No será una escapada traumática, sobre todo por Marius. A él se lo confesaré todo poco a poco, quitándole importancia. Quiero evitar las escenas, no podría soportar la presión del chantaje afectivo, los ojos de Ventura al juzgarme, la imagen de Marius cabizbajo, con los brazos desmadejados sobre el regazo y el llanto de su tos en los pulmones. Me pregunto cómo hace la gente para separarse sin llamar a los bomberos; en mi caso parece imposible, yo no lograré separarme, sólo pondré distancia de por medio, días, indiferencia, silencio, desafecto. Padre no sentirá la necesidad de convocar una reunión familiar y Loreto no me recitará sus discursos prefabricados mientras ahueca con vehemencia las aletas de la nariz. Todo será tranquilo, y el paso del tiempo devolverá el sentido a la cotidianidad, la visita semanal de la tintorería, el pago del recibo de la leche, las derramas económicas de la comunidad de vecinos para arreglar el ascensor, la limpieza de los suelos de la casa, con la asistenta sacudiendo las alfombras y luego enrollándolas, esa imagen que constituye el prolegómeno del verano y que abre las ventanas a la vida: se cuela el griterío de los chiquillos, los largos quejidos de las ambulancias, el sol de las horas altas, la algarabía de los bares que sacan las mesas a la calle. Todo será como ha sido hasta ahora.

La separación no se dice, se hace. Yo no quiero separarme de mi familia, sólo quiero inaugurar un futuro con Leo, porque la prisa corre por mis venas y el cuerpo se me ahoga de pura necesidad. Ventura ya tiene la vida hecha a su medida; ese aire maduro que un día cautivó mi deseo se ha enquistado en su corazón, que es un corazón que no baila como el mío porque está siempre quieto viendo pasar conferencias, números, porcentajes, libros, exámenes. Ventura, ácido por dentro y esquivo por fuera, asume la rutina del conformismo, vive siempre a la misma hora, da siempre las mismas clases, ocupa siempre los mismos espacios y sólo me ve de refilón. Pero si se molestara un poco observaría que en el trastero se ha producido estos días un pequeño revuelo de maletas que presienten la despedida. He comenzado a recoger cartas, algún libro, ropa de temporada, zapatos. Serán pocas cosas, las justas, aunque en mi afán por coleccionarlo todo he rodeado mi vida de objetos inútiles que se multiplican en progresión geométrica, herencias de anteriores herencias, bagatelas a las que me costará renunciar. Muchas veces pienso que yo no sería nadie sin las pequeñas cosas que me rodean: los cuadernos de citas, los pastilleros, las cartas de Leo, el ordenador portátil, los álbumes de fotos, el cuadro de las espigas. Y el cofrecito con los rizos de cuando Marius tenía dos, tres, cuatro y cinco años. Ayer, revolviendo en el trastero, encontré el cofre dentro de una vieja caja de cartón donde también conservo ropa de bebé y unos sonajeros de plata que le regaló madre. Me hizo ilusión encontrarlo; acaricié esas pequeñas muestras de naturaleza muerta que son los rizos rotos y de pronto me sentí poseída por un luminoso aroma de bebé, la visión de Marius envuelto en una toalla de ositos asomó a mi vida, recordé cómo agitaba los brazos en el baño, cómo se aturdía cuando le pasaba la esponja mojada por la cara, y cómo lo secaba yo después, entreteniéndome en todos los pliegues de su geografía, aquel cuerpo menudo y rosa en cuyas curvas sumergía la cabeza y me emborrachaba largamente.

Los rizos irán también conmigo, junto a los escasos objetos que consiga sacar del trastero. Los recuerdos huelen a humedad y son como el moho: se adhieren al cuerpo formando una telilla blanquiverde que parece una segunda piel. Aunque la limpies con cuidado, vuelve a reproducirse una y otra vez y sólo desaparece cuando desaparece la causa que la origina. Pero la memoria no desaparece nunca, ni siquiera se extirpa con un bisturí sobre una mesa de operaciones, porque la memoria no habita en una recámara especial sino que lo impregna todo y da sentido al presente. Hoy los rizos de Marius son mi memoria y mi presente, ellos me proporcionan intermitentes punzadas de angustia y hacen que a ratos me sienta indefensa y aturdida para dar el paso que estoy preparando.

La idea de Marius me duele. Tendrían que arrancarme la vida para arrancarme también a Marius, pero mi corazón bailará siempre con él cuando esté mirando al mar desde un lecho cuajado de caricias.

Fue un día como éste, neutro, aislado en sí mismo, con esa lluvia armónica que no golpea los cristales ni tiñe el aire de herrumbre ni se presta a la tristeza, un día en el que las horas sonaban como dentro de un bombo acolchado y todo parecía lejano. Yo también tenía el cuerpo hueco, la noticia de la muerte de madre me había dejado un poco pasmada, pues aún esperándola como la esperaba no lograba hacerme a su idea, y deambulaba por la casa retrasando el momento de vestirme. Loreto me había llamado para decirme sólo una frase corta, una frase que no contenía ninguna palabra fatídica, sólo un punto final, un respiro, una claudicación: «Fidela: ya.» Lo comunicó con voz abatida y luego colgó seguramente para echarse a llorar. A partir de ese momento empecé a pensar en madre convertida ya en muerta, los ojos cerrados y las manos cruzadas sobre el pecho como todas las muertas, y su cabeza envuelta en una gran pañoleta que lamía un poco la erosión del rostro. Llevaba varios días en coma y nosotras nos turnábamos para descansar. Madre ya se había despedido días atrás, cuando la agresión de los fármacos empezó a diluir su consciencia y ella sucumbió a los primeros desvaríos. El tiempo, lejos de precipitarse, se alargó más de lo imaginado por los facultativos y al fin, aquella mañana tan parecida a ésta, con las mismas sombras y similares murmullos, madre murió sin enterarse. Me sentía abatida, pero no suficientemente triste ni suficientemente desesperada, sólo suficientemente confusa. No era capaz de articular el llanto porque ya había llorado mucho ante la imagen de una expresión rota y nublada. Su muerte me dejó sin habla. Era un día casi igual a éste. También hoy llueve sin ganas; desde la galería oigo el atasco de los coches y me siento abofeteada por la misma ausencia de luz, el mismo zumbido de la nevera, los mismos ecos del silencio. Voy de un lado a otro abriendo y cerrando armarios y preguntándome qué me pongo. Hasta en los momentos dramáticos surge siempre la pregunta clave: qué me pongo. Yo nunca sé qué ponerme; cuando murió madre estuve un buen rato delante del armario repitiendo la misma cantilena: qué me pongo, qué me pongo. Era una forma de retrasar el tiempo porque temía enfrentarme al panorama del hospital: allí estaría padre, exhausto, con las mejillas derramadas de rojeces, Loreto como una estatua de sal y tía buceando en un catálogo de ataúdes. Qué me pongo. Mientras lo presentía desnudaba perchas, acumulaba faldas sobre la cama, y blusas, y más faldas, pues no daba con la prenda apropiada, qué me pongo, qué me pongo. Siempre es igual, tardo una barbaridad en elegir la ropa. Cuando ya parece que encuentro una prenda idónea entonces no cuadran los zapatos, o cuadran pero la figura que me devuelve el espejo resulta chirriante a mis propios ojos, como que le falta algo, más tacón, más propiedad, o simplemente un poco de hombrera para armar mi escurrida anatomía. Entonces me desnudo de nuevo; con las prisas y los nervios el armario se desbarata, algunas prendas resbalan de sus perchas y yacen en el suelo como cadáveres. Por fin resuelvo ponerme otra cosa, un pantalón pitillo y una blusa fina, pero no caigo en la cuenta de que la blusa clarea y a través de ella pueden leerse todas las filigranas del sostén negro. Así salgo a la calle, transparentosa y apresurada, efervescente y hecha un cromo. El bolso también me sienta como una patada, pero ya es tarde y no tengo tiempo de volver por otro. Además, siempre que cambio de bolso olvido las llaves, o el paquete de kleenex, o las gafas de sol o la vaselina para los labios. Estoy vestida y eso es lo que importa. En los últimos minutos todo se produce desordenadamente. Mientras llamo al ascensor me pongo unos pendientes de clip, doy un par de cabezazos hacia el suelo para ahuecar la melena y estiro la pierna con disimulo intentando despegar los pantalones de la ingle. Al mirarme en el reflejo vidriado de la puerta compruebo que los pendientes me proporcionan el toque definitivo. Gracias a los pendientes no me veo tan mal. Yo siempre digo que los pendientes son consustanciales a mi personalidad. Parece una tontería, pero es tan cierto como que me llamo Fidela. Sin ellos me siento desnuda, indefensa, tirando a lánguida. Los pendientes son la rúbrica que me permite reconocerme ante mí misma. A lo mejor no sé explicarlo, pero yo me entiendo.

El día que murió madre fui al hospital adornada con mis mejores pendientes, unos gatitos de oro que tenían dos pequeños zafiros incrustados en los ojos. Quería sentirme protegida, dueña de la situación, airosa ante el dolor. No podía soportar la idea de ver a padre derrumbado, sufriendo las interminables condolencias de esos familiares lejanos a los que apenas conozco y que nunca han ocupado un lugar en nuestra vida. Quería aferrarme a Loreto para evitar las miradas de los aficionados a la muerte, esconderme tras su hombro, permanecer callada y combatir la obsesión por los muertos que dormían en el pequeño tanatorio del hospital. Morir es desaparecer, pero madre estaba ahí, tal y como yo la había imaginado minutos antes, con las manos sobre el pecho y una especie de mantilla blanca tapando el óvalo de su cara. Era un día como hoy, con ajetreo de paraguas que dejaban hilillos de agua sobre las baldosas y un chasquido de gabardinas que se multiplicaba en los abrazos. Lo recuerdo todo de forma vaga porque los sedantes me dejaron intermitentes ráfagas de amnesia, así que ahora sólo consigo atrapar siluetas de cosas, colas, trozos de tiempos y sensaciones que me resultan ajenas. Mientras Loreto hablaba con el cadáver de madre sin despegar la nariz del cristal, yo metí la mano en el bolso y busqué a tientas el valium, extraje dos pastillas de la tableta y me las llevé con disimulo a la boca. Lo hice por defenderme del sufrimiento, como lo he hecho también esta mañana al comprobar que llevo demasiados días sin obtener noticias de Leo. Contemplo la humedad que besa los cristales de la galería y me pellizco el antebrazo hasta hacerme daño, a ver si consigo desviar mi atención y suavizar el efecto que me produce la ausencia. Espanto los recuerdos a cabezazos y trato de refugiarme en las estampas que se detienen junto a la ventana. Un trozo de patio, la ropa tendida, una paloma sucia acurrucada bajo el alerón. Pongo a Phil Collins y escucho su música con paranoica complacencia. Donde no llegue Leo, siempre llegará Phil Collins. Me he propuesto mantenerme firme, pero el teléfono es también un cadáver y su mutismo me sobrecoge. Tengo que llamar al supermercado porque falta suavizante, fruta, yogures, pan de molde, arroz, tomates, pizzas congeladas y unas cuantas cosas más. También se ha estropeado el foco halógeno del comedor y cuando le doy al interruptor de la luz, se produce un contacto extraño, salta un chispazo y me quedo a oscuras. Compruebo que en la caja de las luces hay un diferencial caído. Lo subo. De nuevo le doy al interruptor y vuelve a pasar lo mismo: chispazo, ruido seco y otra vez apagón. Quiero localizar al electricista y el teléfono me escuece entre las manos. Al final los dedos resbalan por el teclado en busca de Leo. Es un número que no necesito consultar porque vive en mí como si fuera el código de entrada a una habitación secreta. Mi llamada atraviesa la densidad del silencio, siento picores en la cara interior de los muslos y una punzada de suspense en el cuchillo que forma el esternón. Estoy a tiempo de colgar, pero no lo hago. La llamada entra, suena una vez, dos, tres —qué raro—, cuatro. Todo parece indicar que no hay nadie al otro lado, pero yo mantengo el auricular pegado a mi oído.

Cinco, seis. Pasan los tonos y los latidos, pasa un ruido de metal por todas las terminaciones de mi cuerpo, pasa un soplo de estremecimiento contenido junto a la persiana. Siento vergüenza de mi precipitación, pero continúo intentándolo. Esta mañana hubiera tenido que morderme la mano cuando, al sonar el despertador, me he dirigido hacia el salón y sin encomendarme a la prudencia he marcado los prefijos y el número de teléfono de Leo. Ha sido un rapto de locura, lo reconozco. Ni siquiera he tenido tiempo de arrepentirme. En seguida ha descolgado una mujer y yo he pronunciado el nombre de Leo como si estuviera acostumbrada a hacerlo todas las mañanas a la misma hora. He sufrido un pequeño sofoco pero me he sobrepuesto. Nadie me ha prohibido llamar ahí, lo he hecho otros días aunque hoy es la primera vez que en lugar de Leo responde una voz femenina. No me ha preguntado quién era yo. Se ha limitado a decir que Leo no estaba y a continuación ha colgado. En ese momento me he inquietado como nunca antes me había inquietado, y he empezado a darle vueltas a la existencia de aquella mujer, un referente que hasta ahora sólo existía en forma de entelequia y cuya sombra aún no había tomado cuerpo. Al rato he vuelto a llamar, pero ya no contestaba nadie. Ahora la zozobra me empuja a marcar el número cada cinco minutos, esperando que de un momento a otro la voz de Leo acaricie mi oído y sosiegue mi necesidad. Pero Leo continúa sin responder. Es extraño. En su última carta parecía estar más decidido que nunca y hablaba de nuestro futuro con un empuje resuelto.

Fidela: No es cierto que haya renunciado al sueño de vivir contigo. Si tú me lo pidieras te seguiría hasta el fin del mundo. Yo te voy a esperar. Te esperaré en nuestro observatorio, o en un banco de madera, que es donde siempre esperan los enamorados. Y dentro de muchos, muchísimos años, cuando tu paso ya no provoque suspiros, yo estaré allí con el corazón en la mano y la manga del jersey asomando por la chaqueta.

Pero no quiero estirar los sueños porque los sueños engañan. Te necesito ahora mismo, Fidela. En mis últimos proyectos estás siempre presente. Te convenceré definitivamente el próximo mes, cuando vaya a visitarte.

Había pasado el tiempo señalado en su carta y Leo no daba señales de vida. Por eso me inquietaba. Aunque no necesitaba hablar con él para comunicarle que mi decisión estaba tomada antes de conocer sus planes, aquella quietud me producía gran congoja. Leo no aparecía en ninguno de los teléfonos que conservaba de sus múltiples destinos y tampoco estaba en casa. La interferencia de su mujer me alarmaba hasta el punto de imaginar situaciones extrañas, quimeras estrambóticas, rarezas, todo ello acompañado de una comezón que sin duda tenía su origen en los celos. Veía a Leo compartiendo el lecho con su mujer, rozándola por la noche de espaldas al deseo, y luego haciendo el amor entre sueños como nos pasaba a Ventura y a mí, que también vivíamos de espaldas al deseo y a veces nos queríamos sin quererlo. Tenía ganas de reventar las paredes, tirarme de los pelos, gritar, insultarle, ganas de poner un anuncio en un periódico o solicitar su búsqueda desde un programa de televisión.

Leo es el silencio. He perdido mucho tiempo buceando en el armario porque albergo la esperanza de que en uno de esos lapsos muertos, mientras busco la ropa adecuada para salir a la calle, él llame y me penetre con su voz zalamera y silabeante. El impulso de la rabia no me deja reflexionar, y lo poco que reflexiono va más allá de lo aconsejado por la razón. Imagino a Leo fuera de mi vida, riéndose con boca hostil, pero luego acaricio entre las manos la blusa de seda que vestía cuando lo conocí y siento una descarga eléctrica en los pezones. No puedo pensar en Leo sin acusar una fuerte sensación física. Aun cuando estoy atormentada, el deseo muerde mi cuerpo al compás de las evocaciones.

Ha dejado de llover y el sedante empieza a destensar mis músculos. La cabeza anda sola por la casa como si no hallara la forma de acoplarse al tronco que le pertenece. Eso sentía también cuando murió madre. Era un sentimiento de orfandad implacable, una nube de vacío que se agrandaba hasta llenar el molde de mi propio cuerpo. Mientras identifico el viejo dolor de ausencia, me sobresalta una llamada de Loreto. Está llorando y su voz suena gangosa, a hipido y mocos. Dice que tiene una inspección de Hacienda.

Nunca debió dejar una prueba tan contundente en el bolsillo de la americana, porque la asistenta expurga la ropa antes de mandarla al tinte y deposita los hallazgos de las entretelas sobre la encimera de la cocina. Llaveros, facturas, monedas, cosas, todo lo recoge escrupulosamente y lo amontona como si fuera un pequeño tesoro. Él solía andarse siempre con cuidado, no tanto por temor a que yo descubriera algún secreto como por la pereza de tener que improvisar una explicación elegante. ¿He dicho elegante? Ventura no es elegante. Tiene una hermosa cabeza de patricio jaspeada de canas y un timbre de voz idóneo para pronunciar una conferencia magistral en un salón de columnas, pero no es elegante. Jamás ha querido serlo. Odia las maneras educadas, los halagos, las poses y todo aquello que pueda comprometer su genuina rudeza. Odia también los portafolios de cuero, las colonias de marca, y sólo disfruta de la ropa cuando ésta ya se ha adaptado a su anatomía y las espaldas aparecen deformadas, los vértices de la chaqueta se disparan y los bolsillos están tan abiertos que basta con asomarse un poco para divisar su contenido. Sin embargo aquel día, atribulado acaso por las prisas, Ventura olvidó en la americana un pequeño paquete, una pulsera de pequeños trebolitos engarzados. Estaba envuelta en papel cebolla y parecía nueva. Yo no supe si era un regalo de ida o de vuelta. Es decir, si la pulsera la había comprado él o si pertenecía a alguien y le había sido entregada a Ventura como recuerdo. Tampoco hice nada por averiguarlo. Me limité a recogerla y la deposité en su mesilla de noche para que la encontrara al regreso. De ese modo Ventura sabría que yo la había visto y se sentiría obligado a disimular un poco o cuando menos a sonrojarse por dentro. Pero no fue así. Cogió el paquete y lo guardó de nuevo sin dar explicaciones, quedándome yo a la espera de comprobar si su rostro acusaba una mínima señal de contrariedad. Aquél fue el primer detalle, la primera pista, el primer síntoma explícito de su estridente mentira. Ahora pienso que tal vez lo hizo a propósito, pero yo entonces carecía de fuerza moral para replicarle, porque también yo había dejado pistas de Leo en su vida y sin embargo Ventura tenía la gentileza de ignorarlas. No podía hacer otra cosa que callarme. Lo peor, con todo, no era la certeza de su infidelidad sino el empeño en mantenerse encastillado y lejano, indiferente a mis posibles reacciones. Tal comportamiento me irritaba, pero también me facilitaba el camino de la ruptura. Ventura, con su actitud, estaba empujándome a tomar una decisión que nunca hubiera sido capaz de tomar sin su ayuda.

Empecé a hacer un repaso de nuestra vida cotidiana, de aquellos obstáculos que se interponían en el proyecto conyugal de todos los días, y los anoté en un cuaderno como si fueran un cúmulo de agravios susceptibles de evaluación. No eran grandes cosas, porque las grandes cosas no existen, sino detalles sin categoría, pequeñas tribulaciones domésticas que fluían a través de la rutina y que sólo adquirían peso en su conjunto, en la suma de todas ellas y en el azote que infligían a la convivencia. Las enumeré a solas porque cuando había intentado discutirlas con él siempre había salido mal parada. Qué digo mal, fatal: Ventura me apabullaba con sus réplicas, los argumentos se volvían contra mí y al final su factura resultaba más abultada que la mía. No soporto a Ventura, pensé, aunque quizás procedería decir que no soporto el agobio de los días junto a él, ese tormento menudo que gotea como la cisterna del baño de Marius y me perfora el cerebro. No soporto su altanería, sus razonamientos impecables, esas frases contundentes que pronuncia mientras me dedica una mirada mineral con el cuerpo al bies, siempre como a punto de dar media vuelta y desaparecer. No soporto a Ventura en su íntimo contexto, de puertas para adentro del matrimonio, cuando yo me empeño en formar parte de sus actos y él se empeña en arrojarme de su vida a empujones.

No soporto a Ventura, me parece que ya ha quedado claro. No soporto las manías que ha acumulado a lo largo de los años y que le han convertido en uno de esos monstruos que tanto le gusta dibujar y que no son sino marcianos como él, homínidos de patas cortas y manos grandes con un ojo aplastado en medio de la frente. Cuando lo conocí, sus monstruos iluminaban las cartas y a mí me parecían versiones libres de Cupido que apuntaba hacia mi corazón. En aquellas cartas Ventura hablaba de todo menos del amor, y yo las leía una y otra vez buscando señales, destellos de su interés por mí, pistas que me ayudaran a identificar un sentimiento inicialmente frágil y escurridizo. Ya entonces Ventura era un hombre que no se concedía debilidades y cerraba el paso a cualquier tentación de ternura. Tenía miedo a que yo invadiera su intimidad y me adueñara de ella, pero en esa actitud siempre se abría una herida, una pequeña fisura que me permitía asomarme a sus sentimientos y acariciar los espacios que dejaban las palabras no pronunciadas. Todavía ahora, en algunos momentos de flaqueza, me asalta la vaga caricia del hombre atormentado que se agazapa detrás de los silencios para vivir a salvo de las emociones. Ventura no quiere ser descubierto, esconde los afectos como yo escondo mis dudas; uno y otro caminamos en distintas direcciones para no encontrarnos, hasta que cualquier día nuestros cuerpos tropiezan en el último recodo del pasillo y entonces saltan chispas y nos decimos que estamos hartos o furiosos y todas esas cosas que se dicen las personas cuando no están hartas ni furiosas pero lo piensan. Ventura y yo tenemos miedo a rozarnos y desmoronar nuestras respectivas corazas, sobre todo él, que siempre se finge impávido y ausente, dispuesto a salir de mi vida con alas de hielo.

Tampoco soporto su mal afeitado. Ya sé que es una tontería, pero no lo soporto. En la curva que forma su óvalo por la parte derecha del rostro, justo en el reborde inferior de la mandíbula, cerca ya de la oreja, siempre se deja una isleta de pelos rebeldes que nadie, salvo yo, se atreve a afearle. A veces, cuando sale de casa y hurga en el bolsillo de la americana para buscar las llaves del coche, yo me planto frente a él y se lo digo: vas mal afeitado. Es como si le enfrentara a un espejo cuya imagen se resiste a identificar, pero Ventura desoye mi advertencia, lleva un cargamento de folios pinzados bajo el sobaco y continúa buscando la llave en los diferentes compartimientos de su indumentaria. Nada por aquí, nada por allá. Vas mal afeitado, insisto. Con un poco de suerte no me responde, encuentra la llave y sale de casa mientras yo me dirijo a la cocina para terminar el café. Allí reanudo otro ritual que día a día se repite con prodigiosa exactitud. En cuanto acerco la taza a los labios observo que la puerta de la nevera está entreabierta y me levanto a darle el empujoncito necesario para que ajuste. También en eso Ventura resulta reincidente, nunca cierra la puerta de la nevera con la mano, se limita a darle un pequeño empujón con el codo sin acompañarla hasta el final. Lo hace por las mañanas cuando quiere la mantequilla, por las noches cuando tiene ganas de tomarse una cerveza, cuando no tiene ganas de nada y le apetece husmear, incluso cuando no le apetece husmear y simplemente repite una serie de movimientos mecánicos. Abrir la nevera es un movimiento mecánico, como abrir la correspondencia del banco, conectar la cadena de música y dejar a la Callas en reñida competencia con un concurso de televisión, olvidar un cigarro en el único cenicero de plata que hay en el salón o encerrarse en el baño con un prospecto publicitario para estimular sus funciones fisiológicas a través de la lectura.

Pero si no soporto que deje la puerta de la nevera abierta o que se afeite mal, menos soporto que se siente a la mesa cuando la comida ya está fría, o que todas las mañanas, después de salir de la ducha, olvide el albornoz sobre la cama, yacente como un cadáver mojado. Ventura pertenece a esa clase de hombres que siempre necesitan a una persona tras ellos. No nació señorito, y sin embargo lo es, aunque incurra con ello en contradicciones estéticas que le inducirían a odiarse si pudiera verse desde fuera como yo lo estoy viendo ahora. También hay en él una suerte de complacencia por la chapuza. No es extraño que presuma ante sus amigos de echarle mucha cebolla a la paella, de no limpiar nunca el coche por dentro o de ser capaz de dormir con las mismas sábanas durante todo el mes de agosto, como ya hizo aquella vez que me marché con Marius y *Rocco* a la playa y convirtió la casa en un territorio alfombrado de libros y cascos vacíos. Lo peor, con todo, es su incontenible afición por sentarse a la mesa cuando la cena ya está fría. Supongo que se trata de una de sus muchas formas de hacerse desear. Ventura espera el momento de la cena (Marius tampoco está, porque Marius ha aprendido de él y también remolonea) para desarrollar una incontenible capacidad de trabajo, en especial trabajo de correspondencia bancaria, modalidad que entronca con su afición por la numerología. Abre sobres, comprueba saldos, rompe papeles, busca resguardos, compara, acumula, se imbuye de seriedad matemática y de vez en cuando me mira de reojo para hacerme responsable de algún desliz en la tarjeta de crédito. Cuando Ventura se sienta por fin a la mesa, yo he terminado de cenar, los huevos fritos tiritan de pena junto a unas laminillas de panceta, y la ensalada, que hace unos minutos lucía abullonada y eufórica, se desmorona de pura flacidez. Es entonces cuando a él le entra la prisa por inquirirme sobre determinadas menudencias económicas, menudencias que descontrolo porque yo necesito lápiz y papel para ejecutar mi conciencia presupuestaria. No soporto, digo, que en trance tan doméstico Ventura ponga a prueba mi memoria intentando averiguar determinado gasto abultado, pues lo único que se abulta en tal circunstancia es la digestión, aunque el telediario haya empezado ya a ocupar los sonidos de la noche y los murmullos de Ventura queden relegados al papel de música de fondo.

No soporto. O sea, no soporto que me llame neurótica y vanidosa. Lo soy, pero detesto que me lo recuerde de forma tan continua. Cuanto más me lo dice, peor. Más crece mi engolamiento y mayor se vuelve mi excitación. No creo además que a estas alturas pueda enmendar mis defectos y convertirme en una mujer apacible o risueña. Yo soy la que más me sufro. Me gustaría estar libre de presunciones, ser independiente y vivir una existencia donde las flaquezas no constituyan una representación teatral para nadie, ni siquiera para mí, que con tanta frecuencia me veo condenada a ser mi propio espectáculo. Ventura protesta porque a fin de cuentas mi ordenada neurosis choca con su desordenada frialdad, como mi verborrea choca con su cerrazón, mi insomnio con su facilidad para dormir, mi adicción al microondas con su odio al menaje culinario, y mi querencia al estatismo televisivo con su dependencia del mando a distancia. Ése ha sido a menudo un motivo de discusión mucho mayor que el que constituyó, en los albores de nuestra convivencia, la tapa del váter, es decir, las salpicaduras urinarias que Ventura vertía sobre ella. Ventura era incapaz de limpiarla, pero yo era incapaz de asumir aquellos chorretones de pis con júbilo de recién casada, y no podía comprender que mi amor por él incluyera también la necesidad de amar las huellas de sus jugos íntimos. Nuestras primeras trifulcas matrimoniales fueron, pues, bastante prosaicas y estuvieron desposeídas de romanticismo, si bien ninguno de los dos lo reconoció jamás, ya que nuestra altanería nos impidió llevar la discusión a terrenos tan prosaicos. Lo del mando a distancia, sin embargo, superó con creces el debate de la tapa del váter y el asco que desde entonces anidó en mi pituitaria. El mando a distancia, además, se prestaba a un debate más universal, a la dialéctica del poder doméstico y a toda la sarta de manifestaciones que el machismo ha reproducido en la tribu familiar a lo largo de la historia. El mando a distancia nos hizo más disquisitivos, pero también más infelices. Cuando me di cuenta de que las teorías no aportaban un mísero rayo de luz a nuestras depauperadas noches televisivas, decidí actuar. Día tras día, antes de que Ventura llegara a casa y se dirigiera al altar de la tele, yo escondía el mando a distancia. Al principio bastaba con sepultarlo debajo de uno de los almohadones del sofá, pero Ventura en seguida descubrió el truco y se entregó al placer de desbaratar el tresillo y dejar el salón como si se hubiera librado en él una batalla. Opté entonces por guardar el mando en el bolso, esconderlo detrás del tarro de las lentejas o meterlo en el vientre de la lavadora, como un día que se me olvidó, puse el programa de la ropa blanca y el aparato saltó en pedazos, con todos los numeritos tintineando en el bombo. Ahora ya no me divierte esconderlo. Ventura sigue sin comprender que me guste la publicidad, y que en los intervalos de las películas alcance el éxtasis contemplando a esas chicas que anuncian martinis o coches todoterreno. Las chicas salen del mar y tienen los muslos salpicados de gotitas de agua, y los coches todoterreno atraviesan un paisaje de dunas achatado por el sol. Todo tiene color de verano, y a mí el verano me hace caricias en el cuerpo, así que me dejo invadir por la frescura azul del agua, y después imagino que me tiendo en el desierto, que seguramente es el desierto de Arizona, y el sol me lame el rostro con lengua de oro. Cuando ya empiezo a tener calor y toda mi tensión muscular descansa en el sofá, me sobresalta un repentino cambio de imágenes. Es Bette Davis que hace de mala en una película con muchas negruras o un periodista de la CNN que informa desde Tel-Aviv. Ventura ha cambiado de canal y a mí se me cruzan los cables. No lo soporto.

Cerré la puerta del piso al tiempo que cogía aire en los pulmones para exhalar un suspiro de alivio. Fue entonces cuando escuché voces en el salón. No muchas voces sino pocas, una especie de murmullo. Estaba cansada y la idea de enfrentarme a una visita me contrarió como me contrarían tantas cosas al final del día, sobre todo si estoy cansada y acabo de entrar en casa con un suspiro de alivio. Llevaba fuera desde primera hora de la mañana, las medias se me pegaban a las piernas como una segunda piel y en las axilas tenía ese picor característico de cuando los pelos quieren romper el poro para asomar a la superficie. Quise descalzarme como estaba acostumbrada a hacerlo, empujando con la puntera del zapato el talón del pie contrario, pero me contuve. Vencí el peso de mi cuerpo sobre un lado e incliné la cabeza hacia la puerta para identificar las voces. Al principio sólo oí a Ventura mascullando palabras átonas e indescifrables, frases para salir del paso, pero en seguida surgió la voz de Charo, potente y fresca como el chorro de un manantial. Me extrañó. Hacía varias semanas que no sabía nada de ella y, aunque le había dejado algunos recados en su casa, no daba señales de vida. Estaba decidida a hacerme la digna y no insistir más. Charo no era de esa clase de amigas que cultivan una amistad pasiva, esperando siempre que seas tú quien coja el teléfono y llame. Todo lo contrario. Tenía un sentido de la relación muy particular, no olvidaba cumpleaños ni santos y constantemente te sorprendía con detalles que conducían al sonrojo. Cuando menos lo esperabas recibías una postal suya, o una cinta donde había grabado las canciones más emblemáticas de nuestra juventud, o una botella de vino de cierta marca especial (ella misma se encargaría de recordarte que con aquel vino nos habíamos emborrachado juntas una noche de hipos y luna en la que yo me puse pesadísima añorando al pintor) o un manifiesto feminista lleno de ocurrencias. Así era Charo. Dadivosa, activa, siempre dispuesta a tomar la iniciativa en las relaciones. Esta vez, sin embargo, la notaba rara y no quería interferir. Sabía, por Loreto, que permanecía en la ciudad y que su madre, tras un pequeño paréntesis en el frenopático, había vuelto a casa asumiendo todos los poderes. Nada más. Charo huía de mí, estaba clarísimo, por eso me sorprendió verla en el salón, sentada sobre su pierna derecha, como si no hubiera pasado nada. Me apoyé en el umbral con el cuerpo derrotado y no tuve fuerzas ni para saludar. Ella, insuflada como siempre de vitalidad, incorporó su grueso andamiaje y, mientras se acercaba a besarme, hizo una observación sobre mi victimismo. Entonces no pude mantener el tipo y sonreí. Es decir, sonreí sin abandonar el victimismo, porque realmente estaba cansada y no tenía ganas de disimularlo.

Como todos los jueves, había almorzado en casa de padre —entre nosotros había un pacto tácito: tú vienes los jueves a mi casa y a cambio yo te dejo en paz y no voy nunca a la tuya—, pero, a diferencia de otros días, esta vez habíamos prolongado la sobremesa. La conversación con padre había prendido en mis sienes, que me pesaban como debe de pesar el remordimiento. Ahora entiendo a Marius cuando describe los síntomas de su nerviosismo diciendo: es como el dolor de cabeza, pero al revés. Yo también tenía dolor de cabeza pero al revés, me sentía agujereada por dentro, ocupada por muchos vacíos que, al juntarse, formaban un hueco mayor y redondo. Necesitaba llenarme de palabras y pensamientos para neutralizar otro pensamiento principal, el de padre, que gravitaba sobre mi conciencia produciéndome gran malestar. Era sin duda una manifestación de culpa, pero yo no lo aceptaba y buscaba continuas excusas para no sentirme responsable.

Estaba acostumbrada a tomarme los almuerzos con padre como un sencillo trámite. Llegaba a su casa a las dos en punto y siempre lo encontraba en la misma posición, con el periódico sobre la mesa, las gafas cuidadosamente dobladas junto al periódico y la mirada enquistada en un punto indeterminado del espacio, quizás en la cómoda, que formaba parte del paisaje doméstico como lo formaba padre. De hecho mis ojos se habían acostumbrado a verlo como se acostumbraron a ver la cómoda, cuya panzuda silueta me abordaba nada más doblar el recodo del pasillo. Comíamos casi siempre en silencio, intercambiábamos las palabras justas, veíamos las noticias por televisión y alguna vez tomábamos café junto a la ventana, sentados en esas viejas butacas de reposabrazos raídos, cubiertos por unos protectores de ganchillo. De pequeña me subía en esas mismas butacas para mirar la calle y recrearme en la contemplación del bar de enfrente, donde pasaban muchas cosas que nunca terminaba de imaginarme. Cuando quitaron el bar pusieron una tienda de persianas y yo me quedé sin entretenimiento. Ahora hay una boutique del pan que no ofrece ningún espectáculo porque entra y sale gente normal que va de paso por la vida. Algunos días me paro en la boutique antes de subir a casa de padre y compro una chapata o un pan de payés. Es una tienda hecha de madera de pino, con muchos compartimientos para clasificar las distintas clases de panes. Da gusto verlos. Hay también unas cestas grandes decoradas con panes trenzados, barras como con puntillas de harina, panes rellenos de nueces, panes integrales, panes de todas las formas, panes que no parecen panes. La boutique del pan le ha dado un aire distinto al paisaje que se divisa desde mi ventana. La calle es la misma, mi calle, pero yo no la encuentro igual porque ya no me pertenece, apenas reconozco a las familias del vecindario y los tiempos la han dotado de una personalidad nueva por la profusión de oficinas, restaurantes, papelerías y cajeros automáticos. Padre no quiere irse de casa. Ha vivido en ella desde los quince años y no podría acostumbrarse a escuchar sonidos nuevos de autobús, a subir por unas escaleras en las que no huela a lombarda, a contemplar una fisonomía distinta desde la ventana del cuarto de estar. Pero a mí me preocupa padre. Acaba de jubilarse y creo que esta soledad recién inaugurada puede ser peligrosa para su salud. Ahora desayuna fuera de casa, va mucho a los museos y ha recobrado alguna amistad entre sus compañeros de carrera, pero no es lo mismo. Me apena su mirada quieta e introspectiva, esa generosidad que ahora, más que nunca, empieza a parecerme santa, su obsesión por pasar inadvertido y no pedir nunca nada, su amable y respetuoso silencio, su delicadeza, su enorme sensibilidad.

Aquel día comprobé que tenía mala cara, pero no se lo hice notar y tampoco él dijo nada. Recorrí las habitaciones como tantos días he hecho, siempre a la búsqueda de fotos, antiguallas, recuerdos de familia. De mis frecuentes batidas por los cajones proceden muchos objetos que ahora decoran mi hogar conyugal. Cuando le pido algo, padre sonríe y dice que acabaré por expropiarle sus recuerdos, pero siempre termina cediendo. Con Loreto le sucede igual. Padre siempre ha tenido una debilidad especial por Loreto, al fin y al cabo es farmacéutica como él, ha heredado la farmacia en vida y juntos comparten temas y conversaciones que a mí me resultan extraños. Loreto corresponde a su manera, esto es, visitándolo más que yo. La mayor parte del tiempo, sin embargo, padre está solo; ha descubierto el placer de la añoranza y saborea los días pasando los dedos por el tiempo muerto.

Padre me había insinuado que Loreto se mostraba

extraña, insinuación que rebatí quitándole importancia. Tal vez padre tuviera razón, pero yo estaba demasiado ocupada con mis asuntos y no pensaba en Loreto, como tampoco pensaba en Charo, aunque me hubiera molestado su premeditada huida y esta noche disimulara ante ella con sucesivos gestos de cansancio. Pero Charo me conocía demasiado. No permitió que un solo rapto de mosqueo se interpusiera en nuestra conversación, me preparó un whisky mientras yo me desvestía, y fue conmigo a la cocina para organizar algo de cena. Ventura se sumó al trabajo, pero Charo lo devolvió al salón y yo comprendí que quería hablar conmigo a solas. Todo lo que me dijo apenas ha quedado registrado en mi memoria, porque la memoria tiene mecanismos para rechazar aquello que no desea retener, y yo no deseaba retener una conversación salpicada de mentiras y justificaciones hipócritas. Me confesó que tenía sentimientos de pesar respecto a su familia, pero que había llegado el momento de velar por sí misma, o, dicho en plan cursi, por el cultivo de la propia alma. Había encontrado su fuerza y quería usarla. Eso todavía no lo he comprendido, pero lo pronunció así y así lo escribo. También estaba dispuesta a iniciar un nuevo viaje. Largo, creo. La felicidad —añadió— puede ser un estado pleno y permanente. Tampoco eso lo comprendí, pero me abstuve de contrariarla.

Durante la cena cruzó con Ventura algunos mensajes crípticos que pasaban ante mis ojos como un partido de tenis. Estaba yo tan agotada que no tenía fuerzas para rebatir nada. Fui al baño y observé en el espejo que el corrector de ojeras se me había cuarteado sobre el rostro y que mi aspecto era el de una cuarentona prematura. Me vendría bien operarme las bolsas, pensé. Las bolsas eran una herencia familiar. Las tenía madre y las tenía Loreto, ella incluso más acusadas que yo. Charo, en cambio, mantenía una lozanía envidiable. Charo no se maquillaba nunca, sólo utilizaba brillo en los labios y, en ocasiones excepcionales, un poco de colorete. La sencillez le favorecía y siempre parecía una mujer recién salida de la ducha. El exceso de kilos, lejos de afearla, también contribuía a proporcionarle un aspecto vitamínico, francamente saludable. Charo tenía una naturaleza privilegiada y no necesitaba cremas nutritivas para mantenerse en forma. Cuando se marchó, recogí los ceniceros y subí a la buhardilla. Casi sin pensarlo marqué el teléfono de Loreto. Cinco cuatro dos, cero seis, cuatro cero. Todo lo que he olvidado de la conversación con Charo lo recuerdo de la conversación con ella. Habló de las obras de reforma de la farmacia, de la últimas novedades de los abogados respecto a su separación matrimonial, del estado de salud de padre y de la inesperada inspección de Hacienda. Todo con ese soniquete espléndido, algo nasal, que la caracterizaba. Detrás del teléfono imaginaba yo su cara de pájaro, sus manos hábiles recogiendo algo, o tal vez desplegando naipes sobre la mesa, porque Loreto era muy aficionada a los solitarios y aprovechaba cualquier ocasión para poner a prueba su ingenio. La suponía rodeada de plantas (un poto o muchos potos, y acaso también una kentya coronando el aire), vestida con uno de sus maravillosos saltos de cama, los pies descalzos, el pelo recogido con una goma y las aletas de la nariz algo infladas por efecto de la conversación inesperada. Como me había adelantado padre, Loreto estaba rara. O más que rara, esquiva. Rehuía deliberadamente algunas de mis preguntas y se escudaba en temas de los que nunca me había hecho partícipe. Creo que fue ella quien me devolvió a la realidad cuando pronunció las mismas palabras que Charo: la felicidad no está hecha de momentos intermitentes. La felicidad también puede ser un estado pleno, permanente. Entonces sentí la sacudida y mi imaginación corrió como el viento.

Loreto lo reconocía: ella y Charo habían encontrado una nueva forma de amor.

Era yo y estaba terminando de maquillarme cuando llamó Leo. No sé qué pensar. Si pienso me inquieto, y si me inquieto no acabo de pensar. Su visita se adelantó, se adelantaron sus explicaciones, su llamada, su amor por mí, que había sufrido un fuerte revés a raíz de su desaparición. Leo no podía disimular cierto orgullo por haber desestabilizado mi vida en las últimas semanas. La duda me había impedido ser feliz, y eso le producía una suerte de malévola complacencia. Me avergonzaba recordar las tonterías de días atrás, las numerosas llamadas telefónicas con las que bombardeé a su mujer, las estúpidas cartas enviadas con sello de urgencia. Mi soberbia no podía soportarlo. Me daba asco verme tan desprotegida, con las miserias de mi alma al aire. Ahora yo era una mujer vencida que había de labrarse nuevamente su seguridad ante el hombre. Leo se sentía crecido, su presencia sonaba recia y yo trataba de enderezar a toda prisa mi compostura.

Leo estaba aquí. Olía a sudor cuando me llamó por teléfono, porque incluso desde lejos yo siempre capto su olor, y el de esta vez era espeso y un poco ácido, a tono con su respiración algo jadeante, como de haber terminado una carrera y necesitar aire en los pulmones. Acabé de arreglarme mientras pensaba en él, pues ya no estaba segura de que su amor me importara tanto como siempre había creído que me importaba. Al final estaba nerviosa y la idea del encuentro empujaba mis venas. Me atildé bien. No tanto como para llamar su atención, pero me atildé. Unté mi cuerpo de crema, las piernas —esas piernas que se escaman tanto—, las manos, los pechos. Estaba preparada para el amor, aunque no quería reconocerlo y necesitaba fingir mi coquetería para compensar la imagen que Leo traía ahora de mí. Me llamó cinco minutos antes de que pudiera llamarlo yo, anticipó su viaje para darme una sorpresa y desde el mismo aeropuerto marcó mi teléfono. Yo supe que no era una llamada de larga distancia, porque su voz, como ya he dicho, no retumbó entre las brumas sino que sonó próxima y me acarició el oído. Fidela, dijo separando bien las sílabas, Fi-de-la, y en seguida prendió en mis carnes la esperanza.

Le di la comida a *Rocco* y salí de casa. Con los sentidos bien abiertos, devoré la calle, la luz salió al encuentro de mis ojos y el paisaje adquirió una viveza distinta a la de los últimos días. Los esqueletos de los árboles trazaban filigranas sobre mi cabeza. Nunca se me había ocurrido pensarlo: filigranas sobre mi cabeza. Qué tontería. Siempre era así, quiero decir que en otoño aquellos árboles se quedaban despoblados y las ramas trazaban filigranas sobre mi cabeza, pero yo nunca me fijaba en eso porque caminaba mirando al suelo, iba a lo que iba sin prestar atención a las personas que se cruzaban conmigo y con las cuales también tropezaba. Ventura solía repetirme: ten cuidado, cierra el bolso, no seas tan confiada, mira a la gente, que no te enteras, Fidela. Pero yo me enteraba; cuando sufrí el atraco llevaba el bolso bien cerrado y los dos jóvenes que me abordaron tenían pinta como de salir del cine de ver una comedia musical, los vi llegar y hasta que no los tuve encima y me pidieron fuego no pensé lo peor, pero incluso pensando lo peor su rostro me pareció inocuo y transparente. Sentí un apretón por debajo de las costillas, un apretón fuerte, no muy afilado, y yo debí de concluir que se trataba de una navaja porque me quedé petrificada, y cuando ellos dijeron métete en el portal y suelta lo que llevas, me metí en el portal y solté lo que llevaba sin rechistar, pero yo llevaba poco, creo que cinco mil pesetas, además de los pendientes de los gatitos con los zafiros incrustados en los ojos, que es lo que más me dolió. Desde aquel día ya no hago caso de las advertencias de Ventura y voy a mi aire, como siempre he ido, y nadie me roba, ni se mete conmigo ni me dice burradas. Pero la tarde que llegó Leo, los esqueletos de los árboles trazaban filigranas sobre mi cabeza y yo me di cuenta. Todo era un poco distinto, más excitante sin duda. Por primera vez eché en falta la bacaladería, en cuyos escaparates me había entretenido mucho para contemplar el cuerpo seco y destripado de los bacalaos. La calle había sufrido un proceso parecido al de la calle de padre, y lo lamentaba. Desde que quitaron la bacaladería para poner una tienda de telefonía móvil, mi calle también era un poco menos mía, pues me costaba reconocerla fuera del aroma salado que arrojaban los bacalaos y que siempre me acompañaba hasta el ascensor. El único signo de identidad que permanecía intacto eran las fachadas ahumadas, tan ahumadas como las palomas, entre las que yo trataba de abrirme paso ahuyentándolas con pies falsos. Ventura tampoco comprendía mi aversión por las palomas, y me tomaba el pelo cuando daba rodeos para evitarlas. Las palomas son como ratas voladoras, decía yo, ratas con un motor que emite una música amenazante. La visión de las palomas no traía paz a mi espíritu, pero rehuí mirarlas y al llegar a la altura del semáforo levanté la mano y detuve un taxi. Creo que el corazón me latía a doscientas pulsaciones por minuto. Entonces comencé a elaborar mi estrategia, porque todos los amores tienen una estrategia, hasta los que están más seguros, y yo me sentía atribulada por la inseguridad. Lo primero que haría es mantener la calma, desviar la conversación cuando Leo intentara obtener alguna razón de mis persecuciones y, en cualquier caso, conquistar la dignidad arruinada. Era una tarea difícil, pero su éxito o fracaso dependía sólo de mí. En todas las relaciones hay momentos en que los papeles se alteran y cada una de las partes adquiere un protagonismo distinto. Yo, que había conseguido enamorar a Leo gracias a mi aparente desinterés, estaba ahora más interesada que nunca, y eso provocaba en él una reacción pasiva, huidiza y también un poco desinteresada. Yo era el principio de acción y él era el principio de reacción. Yo quería y él sólo se dejaba querer. Yo me ofrecía y él se guardaba. Yo precipitaba los acontecimientos y él los frenaba. Yo era él y él era yo, pero ninguno de los dos nos reconocíamos en nuestros respectivos personajes. Éramos una consecuencia del vaivén amoroso y estábamos expuestos a una nueva prueba, porque yo no me hacía responsable de mi conducta si me sentía desamada y él no se haría responsable de la suya si se sentía acosado. Me hubiera gustado que aquellos pensamientos en los que me sumergía mientras el taxi pespuntaba la ciudad fueran ensoñaciones mías, calenturas propias de los nervios, chorradas, pero el miedo pudo más que la esperanza y hube de cerrar los ojos y apretar los puños para no sucumbir a la tentación de llorar como una cría.

En sus visitas, Leo se alojaba siempre en el mismo hotel, un establecimiento antiguo, de moquetas agrietadas, que mi memoria nunca relacionó con otra situación que la derivada de nuestras citas amorosas. Los conserjes no me miraban, pero yo siempre tenía la impresión de que mi cara lo anunciaba todo; por eso atravesaba la recepción con andar arrogante y unos ojos neutros que no neutralizaban nada, ni mi taquicardia, ni mi deseo, ni la necesidad de hacerme pasar por una ejecutiva que tenía una cita de trabajo con un cliente. Era como si aquellos hombrecillos disfrazados de uniforme no tuvieran otra cosa que hacer que descifrar mis gestos y deducir, malamente, que no eran los gestos de una mujer imbuida de sexo. Pasar la recepción suponía pasar la frontera. Una vez en el ascensor, respiraba aliviada. Por suerte no había encontrado a ninguna persona conocida, sin ir más lejos a la asistenta, al hermano de la asistenta, al ex marido de Loreto, a Loreto misma cultivando el amor furtivo con Charo, a un amigo de Ventura, al vecino del segundo B, que era el típico vecino que estaba siempre en todas partes, al tutor de Marius, a la loca madre de Charo, al director de mi agencia, al fotógrafo con el que había trabajado para hacer una guía de hoteles rurales, al portero de la casa de padre, a Silianne, la francesita de Marius, a Marius —qué horror, a Marius no—, a Domingo, el veterinario de *Rocco*, y a todos los hombres y mujeres que pasaban por mi vida aunque fuera de puntillas. Empezando por Ventura, claro.

La puerta de la habitación estaba entornada, pero no quise irrumpir sin avisar y di unos golpecitos con los nudillos mientras la empujaba suavemente. Leo permanecía de pie, me había visto bajar del taxi y esperaba mi llegada con una indescifrable mueca en el rostro. Puede que no fuera una mueca de ilusión, pero por un momento yo me lo creí, fue un momento rápido y eterno a la vez, supongo que yo estaba sonrojada y él contemplaba mi sonrojo. Nos quedamos quietos, uno frente a otro, sin atrevernos a avanzar. Y el momento seguía. Creo que después me miró como me había mirado la primera vez, despacio e intensamente, porque yo me sentí descolocada por dentro y la espina dorsal fue como el epicentro del terremoto que habría de venir. El reencuentro con la línea de su boca en seguida precipitó mi deseo, pero me contuve porque la propia contención me hacía desearlo más y eso, junto a su contención, suponía el mejor aliento para el placer. Leo no era un hombre apresurado, le gustaba entretenerse en los prolegómenos y se crecía poco a poco, hasta que mi entrega quedaba anulada por su posesión. Leo quería dominarme y, para lograrlo, dominaba primero sus impulsos, los saboreaba apretando la mandíbula, me desafiaba con la línea de su boca, que a mí me parecía una línea en carne viva, y finalmente desmenuzaba en mi cuerpo un ritual de caricias muy elaboradas. Pero esta vez yo también me contuve, y no sólo para alimentar su deseo sino para mantener a salvo mi dignidad, que en aquellos momentos, y pese a sentirme bajo los primeros efectos de la seducción física, era ruinosa. Cuando pude recobrar el sentido de la orientación y comprendí que estaba en el primer piso de un hotel poco iluminado, frente a una cama con la colcha algo revuelta, una mesilla de noche donde Leo había depositado un puñado de monedas, su reloj con la esfera cubierta por un protector transparente y unos papeles, entre los que se podían adivinar varias facturas y algún billete, hablé. Mejor dicho, primero nos dimos un beso, luego yo me deslicé hacia la ventana y dije algo de espaldas a él, como sucede en las películas, porque sólo en las películas la gente habla de espaldas a sus interlocutores, y mientras pronunciaba una frase torpe vi cruzar a una mujer mayor que llevaba de la mano a una mujer joven, la mayor caminaba algo más adelantada y tiraba de la joven, que era mongólica y tenía la cara en forma de hogaza. Creí haber vivido antes aquella escena, quizás con las mismas mujeres y yo desde la ventana de un primer piso, retirando ligeramente el visillo con la mano y hablando como si tuviera la boca en mitad del cogote. Leo comentaba que había estado seis horas tirado en un aeropuerto y que le habían extraviado una bolsa en un tránsito. Decía palabras sueltas, temeroso de no encontrar buena acogida en mí. «Te ha crecido mucho el pelo», murmuró al tiempo que hacía sonar el mechero con el que encendía uno de sus cigarrillos Camel. Clic. Oí cómo aspiraba el humo, oí cómo lo expulsaba, oí cómo se detenía y callaba. Imaginé que su mirada me lamía la cerviz y tuve miedo de no poder resistirlo. Leo recordó en ese instante que llevábamos tres meses sin vernos. «Tres meses separados», dijo mientras aspiraba de nuevo el humo y lo arrojaba con fuerza. Su voz sonaba fosca, quizás como el ruido del viento entre los árboles del bulevar que cruzaban las dos mujeres, la mayor y la joven, cuya imagen me retrotraía en el tiempo. Viento de tarde, voz de fumador, congoja del tiempo. La presencia de Leo no me impedía recordar que en mi mente habitaba otra imagen como aquélla, con dos mujeres también de la mano, siempre juntas como si fueran prolongación la una de la otra. Madre las visitaba a veces porque formaban parte de su exigua familia y se sentía obligada a cumplir con ellas en algunas fechas señaladas. Loreto y yo la acompañábamos, no porque lo deseáramos realmente sino porque ella nos obligaba. Eran visitas casi siempre dominicales; madre cargaba con bolsas de ropa que nosotras habíamos dejado casi nueva y antes de llegar a su casa entraba en una pastelería y compraba pastas de té para la merienda. Yo quería ser fuerte, pero aquella niña mongólica me aturdía y desbarataba mi sonrisa, que siempre se quedaba helada ante sus grititos de alegría. «¡Las primas, las primas!», chillaba ella sin dejar de dar brincos cuando nos veía asomar por la puerta. «¡Las primas, las primas!», repetía levantándose las faldas en un arrebato de alegría. Se pasaba la tarde abrazándonos con un entusiasmo insoportable. La mongólica no era nuestra prima, pero se llamaba Violeta y madre decía, para tranquilizar su conciencia, que Loreto y yo siempre habríamos de tener un lugar en nuestro corazón para la prima Violeta. Los besos de Violeta la mongólica se esfumaron con el tiempo. Un día supe que murió después de cumplir los veinticinco años, pero ya entonces nosotras estábamos liberadas de aquellas pesadillas dominicales y no la visitábamos ni le llevábamos ropa ni le guardábamos un lugar en nuestro corazón. Loreto y yo —seré sincera: yo más que Loreto— habíamos encontrado pretextos para huir del paternalismo en el que habíamos sido educadas y esquivar de esta forma las cargas familiares.

Noté una mano sobre la curva de mi cintura y el recuerdo se esfumó, el poder de Leo arrebató a Violeta de mi memoria y las mujeres del bulevar desaparecieron por la boca de un metro, atrapadas seguramente en una bocanada mineral y caliente. Me atrajo con fuerza y sentí en mis nalgas el brote vigoroso de su sexo que me colmaba de latidos. Fueron unos segundos, apenas nada. En seguida volvió mi cara hacia él y su mano sudada me acarició el cuello. Miré aquellos rasgos que tanto había dibujado en mis sueños, su poderosa mandíbula, la frente abierta, las marcas de una antigua varicela en su mejilla izquierda y, sobre todo, la línea de su boca, una línea que era siempre la huella indeleble de su fisonomía en mis recuerdos. Su mechón parecía aceitoso y le cabalgaba la ceja en dirección al párpado. No me besó. Leo se acercaba poco a poco a mis labios y cuando estaba a punto de rozarlos, retrocedía lentamente. Todo fue largo, casi agónico. Como obedeciendo a una extraña costumbre me desembaracé de Leo y corrí las cortinas para reproducir ese universo íntimo que presidía siempre nuestros encuentros. Tenía que ser de noche y de espaldas a la calle. Como una autómata me llevé las manos hacia atrás y empecé a bajarme la cremallera de la falda, después me quité el jersey, los zapatos, las medias. Leo se había sentado en un pequeño sofá y me miraba con ojos condescendientes. Observó mi operación sin pronunciar palabra. Cuando colocaba los pendientes de ámbar en el cenicero de la mesilla, carraspeó un poco y dijo: «Fidela, he venido para buscarte.» Yo no pretendía ninguna explicación, pero aquella frase penetró en mí como una contraseña mágica y a punto estuve de derretirme. Dios, no podía ser cierto: había venido a buscarme, había venido a buscarme... No alteré la expresión y él debió de pensar que no me conmovía, por eso continuó impasible en su butaca, contemplando el ir y venir de mis movimientos en la habitación. «He venido a buscarte», repitió más fuerte. Yo lo miré entonces para desafiarlo, con una mirada que pretendía ser seca, encastillada, de mujer que antepone sus principios y no se deja camelar así como así. Pero la verdad es que estaba hecha un lío: yo no era una mujer de principios ni sabía desafiar a nadie, aunque dominara las posturitas y desde pequeña hubiera aprendido a tragarme las rabietas para no dar facilidades a mis adversarios. Aguanté la mirada casi sin pestañear, dos segundos, tres, cinco, hasta seis o siete, que es mucho tiempo para aguantar una mirada sin acompañarse de palabras. Tenía la cabeza dominada por muchos pensamientos contrapuestos y sentía como si dos fuerzas tiraran de mí, una hacia Leo y otra hacia ninguna parte, o más bien hacia dentro de mí, hacia esa guarida donde acostumbraba recogerme para proteger mi debilidad. Pero Leo era un hombre de reacciones imprevisibles: tenía mis medias entre sus manos y las agujereaba rabiosamente con la punta del cigarrillo. Una vez, y otra, y otra. Dios mío, mis medias, pensé, ahora tendré que volver a casa en piernas. Fue lo único que se me ocurrió. Qué hago sin medias, cuando salga estarán todas las tiendas cerradas, vaya desastre. «He venido a buscarte», murmuró de nuevo, y fue entonces cuando no pude más y por mi rostro corrieron lágrimas redondas como garbanzos. Leo se incorporó y empezó a aflojarse la hebilla del cinturón. Yo me comí las lágrimas y mi cuerpo tembló como si estuviera hecho de gelatina. Aquel día no nos dio tiempo a juntar las camas.

Todo lo que había significado el amor estaba ahora concentrado en una única obsesión: superar el umbral del placer alcanzado hasta entonces. Como otras veces, mientras trabajábamos nuestros respectivos cuerpos elaboramos relatos imaginarios que nos situaban al borde del abismo. La fantasía era el germen de la locura. Yo le hablé de un hombre que había conocido en un tren, un hombre de bigotillo escuálido con el que había mantenido una relación furtiva sin apenas mediar palabra. Fue una noche de un verano ya perdido, íbamos solos en un departamento y a mí me pareció excitante la idea de entregarme a una aventura sexual con un desconocido. Estaba bajo los efectos de una copa y mis manos se zambulleron en sus cremalleras con una habilidad jamás probada. Le conté cómo reptó por mi entrepierna a la luz de un pequeño piloto desvaído, cómo hurgó en las entretelas de mi sexo, cómo hurgué yo en el suyo, cómo nos olfateamos mutuamente, cómo impregnamos la noche de humores y cómo chasquearon nuestras bocas al compás de los crujidos metálicos del tren. Le dije que el hombre tenía un badajo corto y grueso, una lengua sabia y disparada, y un repertorio de ademanes habitados por una maravillosa obscenidad. A Leo le excitó mi relato, era un relato sórdido como los que a él le gustaban, con hombres desastrados que le rinden mucho culto al vicio. Pero yo no me lo estaba inventando y él lo sabía. Mientras susurraba mi aventura, tendida junto a la esquina de una de sus axilas, el viento del placer le agitó los ojos y de su garganta brotaron unas voces recias como los bramidos de un avión. Yo estallé poco después, mientras le aplastaba la almohada contra el rostro y su sexo se convulsionaba enfundado en mi cuerpo. Permanecimos tendidos sin atrever a desabrocharnos para no romper la emoción. Cuando acarició mi pelo volví a llorar y a gemir, pero esta vez de alegría.

Dely ha vuelto a mis sueños. Desde que conocí a Leo no lo hacía. Esta vez era un sueño desubicado en el tiempo, y yo me movía dentro de él asumiendo un gran protagonismo. Supongo que el sueño no tenía ningún significado especial, pero al despertarme he corrido a anotarlo porque aún estaba impregnada por sus sensaciones y no quería olvidarlo. También padre formaba parte del sueño. Subía y bajaba un tramo largo de escaleras que podrían pertenecer a la casa familiar de Ventura si no fuera porque éstas, las de mi sueño, eran escaleras sin barandilla, acotadas en ambos lados por una pared rugosa. Padre subía y bajaba el tramo de escaleras y luego atravesaba una puerta de color negro que no pertenece a ninguna casa y que seguramente sólo es un capricho de mi propio sueño. Padre me llamaba y bajábamos las escaleras, y después él volvía a llamarme y juntos las subíamos. Eran muchas escaleras, ya digo, y yo me cansaba como suelo cansarme siempre que subo y bajo escaleras, y al llegar a la puerta nos deteníamos para mirarnos. De pronto observaba que padre estaba más joven que de costumbre y una oleada de terror me sacudía el cuerpo:

iba a morirse. Según mi sueño, las personas empezaban a morir cuando, alcanzada la máxima madurez, recorrían el camino inverso hasta llegar al punto de partida, es decir, el nacimiento. Luego se difuminaban y adiós. A padre poco a poco le desaparecían las arrugas, tenía la piel del rostro más fina y más brillante, caminaba con agilidad y su sonrisa era abierta y limpia. Lo recuerdo todo el rato en el umbral de aquella puerta negra que tenía la llave puesta en la cerradura. Nunca llegábamos a entrar en la casa y todos nuestros encuentros se desarrollaban al borde de las escaleras. Yo sufría como se sufre en los sueños, intensa y angustiosamente, porque en los sueños no tienes mecanismos de defensa y nunca puedes aplicar la luz de la razón para protegerte del dolor. Por la propia naturaleza anárquica del sueño, a padre le estaba llegando la hora de hacer la primera comunión. Eso me angustiaba todavía más. Marius no ha hecho la primera comunión, pero padre caminaba por el sendero de su propia biografía y tenía que hacerla. Él estaba contento, me acariciaba el pelo y me llamaba Dely. A pesar de la congoja, en el sueño padre no llegaba a adquirir la imagen de niño, se conoce que mi subconsciente no sabía qué cara ponerle, ni qué trajecito, o qué peinado, pero la amenaza de la primera comunión proseguía. Yo preparaba sus cosas, iba y venía —mejor: subía y bajaba las escaleras— con cirios, coronas de flores, crucifijos, símbolos todos de funeral y muerte.

En algunos fotogramas salía un hombre sin rostro. No es que fuera un hombre decapitado o que apareciera emborronado para darle suspense a la historia. Sucede simplemente que estaba siempre de espaldas y la línea recta de mi visión coincidía con el remolino que formaba su pelo en la parte de la nuca, y con su camisa, que era una camisa de rayas azules claritas y azules oscuras, una sí y una no, las oscuras más anchas y las claras más delgaditas. La nuca pertenecía con toda probabilidad a Leo, por su estructura tirando a cuadrada, pero la camisa era de Ventura porque precisamente la otra mañana la echó en falta y la buscamos en el cesto de la ropa sucia, en el tendedero, en el cuarto de la plancha, en la habitación de Marius, en el armario de las sábanas, o sea, en todas partes. La asistenta y yo estuvimos a punto de volvernos locas, pero la camisa seguía desaparecida. En aquel disparate de movimientos yo busqué hasta debajo de las camas y entre las cosas de *Rocco*, al fin y al cabo no hubiera sido la primera vez que *Rocco* se dedica a acaparar nuestras pertenencias, de hecho ocurre mucho con los calcetines de Marius, por eso los tiene como los tiene: todos desparejados. Ventura se mosqueó, nos acusó de faltarle al respeto a él y a sus camisas, recordó las veces que le hemos estropeado su ropa en la lavadora y terminó emitiendo una extraña teoría sobre el avasallamiento de la individualidad. Al parecer la individualidad era él. Nosotras éramos mogollón, tropa, caos e indiferenciación. Ventura tiene estas salidas. Sabe muchas doctrinas, mucha letra, mucha carne de manifiesto y hasta pasa por ser uno de los hombres más feministas de su entorno, pero luego no encuentra una camisa y saca todos los atavismos a pasear.

Pese a nuestras intensas batidas, la camisa no apareció ni aquel día ni el siguiente, mejor dicho, apareció en el sueño, era la misma camisa, idéntica, con sus rayas azules oscuras y azules claritas, una sí y una no. Pero ya digo que a lo mejor no era Ventura el hombre que llevaba puesta la camisa sino Leo, aunque no hablaba, ni para decirme Dely ni para decirme Fidela. El hombre estaba siempre de espaldas flanqueando el fotograma, era como una prolongación de mi sombra, yo subía y bajaba las escaleras acarreando angustias, esquelas, y él aguardaba sin inmutarse, como cuando estás en casa y llama a la puerta un cobrador y tú vas de un lado a otro buscando cambio y de pronto suena el teléfono, o se quema el aceite de la sartén, o te pregunta Marius si has visto su libro de literatura, y el cobrador sigue en la puerta, imperturbable y fijo como una estatua.

El cobrador de mis sueños no tenía asignado ningún papel. Pero estaba ahí. Era un testigo de mi vida, en especial de mis zozobras, pues yo sufría porque padre estaba a punto de hacer la primera comunión y al cabo de poco tiempo regresaría al nacimiento y a la muerte. Sobre mí recaía toda la responsabilidad de la fiesta, que era también el entierro. Esta vez yo hacía de Loreto, y en la confusión propia de los sueños mi fortaleza era la suya, no conseguía llorar, ni quejarme, sólo miraba la cara finísima de padre, que parecía una cara como hecha de papel de celofán, y el presagio de su muerte me atormentaba. Cuando desperté, de madrugada, el terror había prendido en todo mi cuerpo y casi no podía moverme. Comprendí que se trataba de una pesadilla, pero la sensación del dolor seguía adherida a mi piel. Con los ojos definitivamente abiertos me dio por pensar en la dichosa camisa de Ventura. Encontrarla se había convertido en un reto y decidí continuar buscándola. Me pasa a menudo con cosas mías. Son cosas que no me pongo, unos pendientes, unos guantes que me regalaron hace un par de navidades, un bolso horrible o un chaleco del año catapum. Sólo cuando escapan a mi control siento una necesidad frenética de ellos y parece como si toda mi existencia se tambaleara. Quiero dominar mi caos, que también es el caos de Ventura y el caos de Marius.

En el sueño yo llevaba crisantemos amarillos, aunque el color se lo he atribuido después, al recrear la escena. Eran muchos crisantemos y yo no podía con ellos. Estaban un poco mustios, y el hombre de la camisa me veía colocarlos en un jarrón con primor de monja, que es un primor del que carezco. El hombre de la camisa no hacía nada ni decía nada, y aunque estaba de espaldas tal vez tenía un bigote canoso como el de Ventura. Espiaba mis movimientos desde el silencio, me veía acariciar los tallos de los crisantemos y colocarlos uno a uno en el jarrón. Padre estaba contento, pero yo no podía contarle nada y su alegría era mi pena. El luto había empezado a decorar el sueño y entonces me vi en una cama cubierta de pétalos de crisantemos. En la cabecera de la cama había un letrero grande en el que ponía Dely, pero no era una cama sino un ataúd, aunque yo no estaba muerta, sino viva.

No he podido dormir. Al principio creía que era culpa del café, pero ahora pienso que son los nervios. He tenido que levantarme para escupir mi desasosiego en unas confesiones que han quedado sumergidas en el ordenador bajo una clave secreta. Ventura ni siquiera se ha despertado. Me hubiera gustado que protestara, que maldijera mis pasos por la habitación, la luz de mi mesilla encendida, el ruido del vaso de agua al volcarse, mis idas y venidas al baño, pero no ha sido así. Como otras noches, Ventura ha permanecido impasible, sumido en ese intenso sueño que tanto le envidio. Hoy no ha notado que mis párpados estaban hinchados y que mi cuerpo llevaba la huella del sexo reciente. Ventura no se entera de nada, aunque tal vez sea más lógico pensar que prefiere no enterarse. Pero yo no podía dormir y daba vueltas sin cesar tratando de encontrar una postura cómoda. Notaba el estómago revuelto, muy cerca de la boca. Serán los pimientos de la cena, he murmurado dentro de mí, porque los pimientos siempre me repiten y dos horas antes había estado cenando con Leo raciones de callos, de chopitos fritos, de pimientos asados con ajo. Pensaba en los pimientos y en los callos, pero sobre todo pensaba en Leo y en las palabras que me había dicho por la tarde: «He venido a buscarte.» Me hubiera gustado cerrar los ojos y despertar junto a él, ya con todo el trámite resuelto. Me agobia la idea de Marius, de padre, de Loreto, y de Ventura también, aunque de distinta forma. A padre lo quiero, pero me basta con saber que existe y que también él me quiere a mí. Marius es otra cosa. Marius siempre ha sido mi apéndice y no me acostumbraré a sentirlo lejos de mis días. Claro que Marius empieza a tener vida propia. Quizás no me importe tanto el hecho de dejarlo como el de aceptar que él ya me ha dejado a mí hace algún tiempo. En cualquier caso también Marius tiene derecho a recibir una explicación por mi parte. Debería invitarlo al cine, o a tomar unos crepes, y luego hablarle con la sinceridad que merece un hijo, que siempre es una sinceridad acotada. Pero Marius no expresará ninguna opinión, estoy segura, y yo me quedaré destrozada. Sea como fuere, he de intentarlo, no quiero que un día reproche mi huida.

Qué asco. Mientras le daba vueltas a mi obsesión, un espasmo ácido ha sacudido mi estómago y he tenido que saltar de la cama para ir corriendo al baño. Allí lo he vomitado todo, los trocitos de pimientos, los callos, el pan y la salsa, el flan con la cenefa de nata, los dos cafés y la copita de orujo. Incluso he vomitado lágrimas con el esfuerzo, pero no he conseguido tranquilizarme. Como los espasmos continuaban y ya no me quedaba comida en el cuerpo, he vomitado bilis, mucha bilis, al principio un poco espesa, luego casi acuosa. Tenía la cabeza empapada en sudor, las piernas me temblaban, casi no veía y por un momento he creído que iba a desmayarme, pero he permanecido agarrada a la taza del váter y al cabo de unos minutos he recuperado la visión del bidé, el toallero, las toallas color tabaco con las iniciales bordadas, la mampara de la ducha, las esponjas, los tarros de gel y un champú a las hierbas sin tapón. Todo estaba en su sitio menos yo, que seguía de rodillas y con los pelos revueltos. Ha sido angustioso. He echado en falta a alguien que me agarrara la frente, como hacía madre cuando era pequeña y me empachaba de golosinas, alguien con un cuerpo fuerte en cuyo abrigo no hubiera riesgo de desmayo, alguien como Leo. Los minutos se han hecho largos y me ha costado mucho incorporarme. Cuando por fin lo he logrado, casi no me aguantaba en pie. Estaba agotada por el esfuerzo de las náuseas. También estaba pringosa, empapada en sudor y babas. Lo primero que he hecho es lavarme la boca y recomponer un poco mis cabellos. No tenía ganas, pero he ido en busca de una fregona para limpiar los restos de vomitona que había en el suelo. Al cerrar la puerta he dado un portazo de rabia y hasta las paredes han temblado un poco. Pero Ventura seguía sin enterarse. De nuevo en la cama, he intentado sin éxito hacer un crucigrama, he leído unas páginas de un viejo libro de Erica Jong y finalmente he decidido subir al estudio para desahogarme escribiendo. En el ordenador he dejado ristras de adjetivos sobre Leo, reflexiones acerca de ese amor que me colma y al que vivo entregada desde hace más de un año. Estoy en la frontera de un nuevo camino, pero la cobardía no me permite avanzar. Tiemblo de emoción y también de miedo. Nunca imaginé que marcharse de casa fuera tan difícil. No encuentro las palabras para expresar lo que ante mí tengo de sobras expresado. Leo ha venido a buscarme y eso, lejos de procurarme tranquilidad, me inquieta demasiado. Quisiera que él hablara por mi boca, que mirara por mis ojos, que caminara por mis piernas. Leo es el único motor capaz de desbloquear ese miedo que me mantiene paralizada, al borde de un ordenador que se ha convertido en mi único confidente.

Pienso en Loreto, pero todo ha cambiado desde que supe lo de su asunto con Charo. Ahora está lejos, como si no formara parte de mis afectos. A veces la imagino contándole a Charo esos episodios infantiles en los que yo iba a rastras de ella como una pánfila. Loreto mandaba y yo obedecía sin pedir explicaciones. Yo era muy tonta y Loreto lo sabe. Las dos se reirán ahora juntas, compartirán cosas para las que no me creen preparada e intercambiarán secretos que son mentiras. Loreto se ha ido de mi vida, aunque acaso nunca ha estado del todo en ella, porque Loreto ha sido una hermana de cartón, un nombre de libro de familia, un puesto en la mesa de Navidad, a la izquierda de padre, que siempre le dedicaba a ella el primer brindis. Quisiera creer que alguna vez la he amado con sinceridad, pero no me atrevo a asegurarlo. Yo soy muy celosa y últimamente he dado demasiadas muestras de ello. Los celos proyectan la imagen más monstruosa de mí, la más bruja. Cuando estoy celosa incluso resulto fea. Pero no es el caso de mi relación con Loreto. Lo he pensado mucho en estos años. Mi vida con ella ha estado marcada por las diferencias que ambas hemos tratado de ignorar estúpidamente. Queríamos ser hermanas y fingíamos que formábamos parte del mismo mundo, pero nunca existió entre nosotras un lenguaje común, una sintonía derivada del verdadero afecto. Nos amábamos porque teníamos la obligación de amarnos. Nada más. Ahora Loreto se ha refugiado en otra mujer y mi corazón bulle de puro susto. No me siento preparada para imaginar el cuerpo de Loreto anudado al de Charo, con sus manos resbalándose mutuamente por territorios ocultos. No puede ser verdad y alejo de mí la idea. Prefiero creer que si no lo pienso, no existe.

Durante muchos años Loreto fue la más recatada, la más convencional, la más sensata. Al contrario que yo, ella siempre estaba a salvo de presunciones, tenía gran dominio de sí misma y ninguna situación, por difícil que pareciera, se le resistía. Loreto cargó con la enfermedad de madre, con los líos de la farmacia, con todo el papeleo de la herencia de abuela, y ahora, cuando ya podía vivir su propia vida, ha cargado también con la separación de Fernando, el chino, que se fugó a Venezuela y no da la cara para saldar sus deudas. A Loreto le ha estallado la paciencia y se deja querer porque está harta de querer ella sola. Su comportamiento, sin embargo, me resulta mezquino, cómodo y poco franco. Loreto nunca tendrá valor para entregarse abiertamente a Charo, porque el valor sólo es patrimonio de Charo, que nació libre como el aire del desierto y nos ha dado a todos una constante lección de vida.

Padre me ha dicho que el otro día Loreto almorzó en su casa, había prometido hacerle una visita y se presentó con Charo y una amiga nueva que debe de ser del gremio, porque a mí ahora todas me parecen del gremio, incluida Loreto. Iban cargadas de bandejas con comidas preparadas, pastelitos y canapés, invadieron la cocina y luego almorzaron alrededor de padre, que quedó entusiasmado con sus atenciones. Tres eran tres. Van de tres en tres para disimular. Muy típico de Loreto: primero disimular, después quedar bien. Loreto sabe quedar con padre mejor que yo, pues yo voy a visitarlo los jueves y sólo me siento junto a él para ver el telediario en silencio. Ella, en cambio, le da mucha conversación. Las palabras de Loreto son literatura de revista femenina, carne de relaciones públicas, floritura de ocasión, y embauca con ellas a sus interlocutores. Padre, sin ir más lejos, es su más rendido admirador. Por eso Loreto nunca mostrará sus debilidades ante él. Sería como manchar su imagen, decepcionarlo, echar por tierra esa grandeza con la que siempre se ha investido en familia. ¿He dicho grandeza? Tengo razón. Recuerdo uno de los últimos cumpleaños de abuela. Loreto se había dedicado durante tres meses a prepararle una gran fiesta en uno de los mejores complejos ajardinados de la ciudad. Trabajó mucho, pero el día del cumpleaños parecía ella la homenajeada. Vestía una de esas horribles faldas abullonadas que hicieron tanto furor en la época y taconeaba arriba y abajo dando órdenes y manejando a la pobre abuela como si fuera una marioneta. Todos la felicitaron por el éxito de la orquesta, le dijeron que estaba muy guapa y se pelearon por salir en las fotos a su lado. Loreto estaba radiante, y así consta en los álbumes de la familia. Sólo yo le veía los defectos, porque yo soy muy quisquillosa y aquel día me daba rabia que todos los honores se los llevara ella. No lo he comentado, pero a mí nunca me han pasado inadvertidos los defectos de Loreto, empezando por Fernando, su principal defecto, que ya entonces iba de novio formal y contaba con el beneplácito de padre.

Loreto es homologable a muchas mujeres de su edad, tiene un criterio común y una moralidad de puertas para afuera que ahora sufre una tormentosa sacudida. Ella no lo admite, como yo no admito el estupor que me ha causado su noticia, pero Loreto se ha traicionado a sí misma. Me pregunto por qué no la acepto, por qué la juzgo ahora con más severidad de la que utilizaría ella conmigo, por qué no le aplico ese discurso tolerante que aplico a los demás. No hallo la respuesta. El problema puede que esté en mí, porque yo no soportaría —o lo soportaría, pero mal— ver a Loreto en un periódico, retratada furtivamente junto a Charo en una de esas manifestaciones que se convocan para celebrar el orgullo gay.

Tal vez este sentimiento sea producto de la contrariedad, pues ahora extraño mucho su apoyo, la fuerza que siempre me ha faltado para tomar decisiones. Loreto podría ayudarme a elaborar esta complicada despedida que me taladra el alma. Pero Loreto no está.

Nunca volverá a estar, yo lo sé. Loreto se ha escabullido con sigilo para no delatarse, y a partir de ahora sólo deseará quedar bien conmigo felicitándome el día de mi cumpleaños —eres una géminis de manual, dice siempre, no hay quien te entienda— u ofreciéndose a hacerme la declaración de la renta.

Tengo a Leo, que en estos momentos duerme a tres kilómetros de mi estudio. Desde aquí noto su respiración, el hálito de sus pensamientos, la blandura homogénea de su vientre. Leo está revolcándose en la cama con el perfume de mi ausencia, lo puedo ver entre las rendijas de mis pálpitos. Quiero escribir que me urge de nuevo su cuerpo, su sonrisa de coñac, el brillo acharolado de sus pequeños ojos, la soberbia de su frente abierta como un mar, esa cintura desbordante a la que me he abrazado hoy mismo, el perfil que tantas veces he recorrido con las yemas de mis dedos, especialmente el punto donde se inicia su nariz, que no es un punto sino una continuación, un capricho geométrico de su anatomía, un trazo único y exclusivo en cuya contemplación he quedado largo tiempo absorta después de amarnos. Leo me abraza a distancia. Siento en mi rostro las cosquillas de su pecho de hormigón, tan poblado de vello. Ha vuelto a mí con la fuerza arrolladora del amante y toda entera me he sentido poseída por el temblor. Ha bastado una visita suya para que aflorara mi sexualidad adormecida entre nubes y la mujer que llevo dentro iluminara a la mujer de fuera. Ante Leo recupero la seguridad perdida. No me importa que él descubra mi celulitis acartonada en las cartucheras, la brevedad de mi escote o esa languidez de las nalgas que pide a gritos un apaño ortopédico. Leo se refugia entre las columnas de mis muslos y busca la soledad del templo, que es un templo hecho a la medida de su hombría. No le importan mis faldas cortas, ni mis cabellos embravecidos, ni esa ropa interior que elijo con tanto cuidado cuando viene a verme. Leo es un hombre austero y me gusta. Pero no me gusta porque sea austero. Me gusta porque es Leo. Hemos hablado del futuro y yo le he hecho preguntas que hasta ahora sólo tenían una respuesta incierta. Preguntas sobre su nuevo destino, sobre mis posibilidades de trabajo, sobre la casa que nos apetecería compartir. Más allá de los sueños hay una vida real que exige soluciones cotidianas, remedios detestables que están hechos para todas las parejas que comparten un edredón, un baño y un microondas. Eso es lo que más temo de mi futuro con Leo. Nuestra ilusión no debería contaminarse de problemas domésticos, porque un amor así no puede estar expuesto a los olores del cuarto de baño, a los plomos fundidos, a las manchas de humedad en una pared, a las agresiones del radiodespertador o al ruido incesante de una cisterna que gotea en la placidez de la noche. También me preocupa la solución legal que daré a mi matrimonio. Aunque con frecuencia he sostenido que me iría de casa con lo puesto, ahora comprendo que se trata de una ingenuidad. Leo no anda sobrado de dinero y sería estúpido por mi parte renunciar a lo que en justicia me corresponde. Sin embargo, no estoy dispuesta a obstaculizar con exigencias mi decisión. Lo primero es lo primero.

La amiga francesa de Marius había escrito diciendo que vendría a España aprovechando un viaje de su padre y que tenía a bien aceptar nuestra invitación para pasar en casa un largo fin de semana. Yo no la había invitado, y Ventura tampoco, pero Marius lo hizo en nombre de todos y no quedó más remedio que poner buena cara. La amiga francesa de Marius era como la madre de la amiga francesa de Marius, quiero decir que al chico le sacaba mucha ventaja, y no sólo —o no precisamente— por ser francesa sino por ser mujer. Todos los muchachos de mi generación tuvieron en tiempos una amiga francesa, pero la amiga de Marius era distinta, o al menos no llevaba la carga de intencionalidad que llevaban las francesas de antes. Se habían conocido el último verano en Irlanda, en un instituto de idiomas, y congeniaron tanto que decidieron no echar a la papelera sus respectivas direcciones, escritas con la premura de la despedida en un trozo de papel cuadriculado. A los pocos meses ya estaba la chica tomando posesión de nuestra casa. Dadas mis circunstancias personales no parecía el momento más oportuno, pero callé. Tampoco era cuestión de contradecir a Marius, con lo que se avecinaba. Silianne, la amiga francesa de Marius, además de francesa y amiga, tenía la cara muy dura. Entraba y salía constantemente de mi cuarto de baño, utilizaba las cremas que estaban a su alcance, desvalijaba la nevera y siempre tenía la habitación —la misma que había utilizado Loreto durante una temporada— hecha una pocilga. La propia asistenta protestó porque a todas horas encontraba bragas en el suelo. Decía que la francesa era una guarra y yo, para poner paz, replicaba que el hecho de cambiarse tanto de bragas no indicaba que fuera guarra sino justamente lo contrario. Lo peor, con todo, no era su desorden ni su desparpajo, sino su aversión a *Rocco*. Fue lo primero que dijo nada más llegar, «me dan pánico los perros», de modo que el pobre *Rocco* se pasó tres días encerrado en un cuarto, resoplando bajo la puerta y emitiendo gemidos hasta que se dormía de aburrimiento.

Descubrí en Marius un comportamiento distinto, como una nueva dimensión de su personalidad. No es que hubiera sufrido una mutación repentina, pero se mostraba diligente, más expresivo, más amable, y al levantarse, por las mañanas, incluso daba los buenos días. En la mesa mantenía charlas coherentes, opinaba sobre los programas de televisión y no se dedicaba, como otras veces, a destrozarme los individuales con la punta del tenedor. La francesita era sin duda la artífice involuntaria del cambio. Tenía que agradecérselo a ella. La última noche de su estancia nos quedamos los tres, Silianne, Marius y yo, hablando en el salón. Yo me hice la moderna y les invité a whisky, pero sólo Silianne aceptó. No mucho, dijo en francés, sólo dos deditos, seco, sin soda. Y se sentó en el sofá con las piernas cruzadas en plan oriental, como si estuviera de vuelta de las reuniones y los whiskies. Alrededor del cuello llevaba una pequeña bolita de lapislázuli enganchada a un cordoncito negro, y todo el rato le daba vueltas a la bolita con los dedos. Me encanta Marius, dijo avanzada ya la conversación, me encanta porque es de esos chicos a los que puedes contárselo todo y sabe escuchar. Yo no me imaginaba a Marius escuchando nada, ni siquiera una conversación de Silianne, que tenía dieciséis años y era como un sarpullido de palabras locas. Silianne se acabó el whisky en diez minutos, pero no volví a ofrecerle más. Marius jugaba con un desmontable que había encima de la mesa porque estaba un poco nervioso y no sabía qué hacer con las manos. Yo bebía cerveza y miraba a Silianne, que seguía dándole vueltas a la bolita de lapislázuli. Todos los chicos españoles que había en Irlanda eran muy raros y sólo se juntaban con otros españoles, dijo ella. Todos menos Marius, claro.

Ventura estaba encerrado en el estudio preparando una conferencia y nosotros nos entregamos poco a poco a las confidencias. No puedo decir que yo les confiara secretos, pero me abrí un poco de carnes y hablé de las relaciones de pareja con una sinceridad algo descarada. Silianne era hija de padres separados y encajó la explicación con gran familiaridad, como si le hubiera hablado del *pâté de canard*. Pero yo no me estaba dirigiendo a Silianne sino a Marius, porque quería que mis palabras sirvieran de preámbulo. Mi padre se ha vuelto a casar, dijo Silianne, su nueva mujer es *script* de cine y me lleva a algunos rodajes. Marius preguntó qué era una *script* y ella se lo contó por encima. Papá dice que el segundo matrimonio es el bueno, añadió. Me parece que yo quise sonreír, pero se me quedaron los músculos como almidonados.

Nos acostamos tarde, y a mí me dio la impresión de que Marius estaba contagiado por una extraña melancolía. A la puerta de su habitación, cuando le llevé a *Rocco*, tuve necesidad de darle un beso y su cara me esquivó. Fue como una bofetada. Muchas veces Marius me había esquivado, pero aquella noche su gesto tenía un significado especial. Aturdida, le dije que necesitaba charlar con él cuando partiera Silianne. Me oyó, pero no se dio por aludido. En silencio, dirigió sus pasos hacia la estantería, tomó un libro y me lo tendió con la mano: «Toma; lo cogí para un trabajo», dijo sin mirarme. Era un diccionario mitológico. Lo abrí instintivamente y vi que entre sus páginas estaba aprisionada una gruesa carta de Leo.

Me morí y no resucité hasta el día siguiente.

Cuando Ventura me decía «pinchas como un cactus», yo no sabía a qué se refería. O lo sabía, pero no me daba la gana reconocerlo. En efecto, yo pinchaba como un cactus. Era poco cariñosa, siempre lo había sido, y cuando de pequeña padre me acercaba su mejilla, pedía un duro a cambio, un duro para la hucha, decía yo, así iba labrándome mi pequeño patrimonio: un beso, un duro. Dos besos, dos duros. Al agitar la hucha calculaba mentalmente el número de besos que había repartido y me ponía contenta. Madre en cambio me reñía porque tenía la mala costumbre de limpiarme la cara cada vez que alguien me besaba. Es de mala educación, decía ella con gesto serio, y aunque yo procuraba enmendarme, en seguida lo olvidaba y la siguiente vez volvía a frotarme la mejilla con la mano.

Reconozco, pues, que no besaba y además era un poco hosca, pero por dentro me sentía como hecha de algodón, de ese algodón que antes vendían en las ferias y que tenía sabor de caramelo. Cuando estaba enfadada o triste me deshilachaba como el algodón, lo que pasa es que procuraba disimularlo para no parecer una pánfila. Con Ventura también era así. Delante de Ventura fingía bastante porque tampoco quería que descubriera mis debilidades. Cuando estaba muy azotada por dentro y no podía más, el caramelo se derretía y yo lloraba lágrimas de almíbar, pero ni siquiera entonces Ventura se preocupaba de mí. Yo le decía que se apartara de mi vista, o no le decía nada y me encerraba en el cuarto de baño, abría el grifo y me lavaba el rostro, una vez, dos veces, muchas veces, hasta que el agua fría borraba todas las huellas del berrinche y volvía a estar presentable. Ventura no se quejaba tanto de mi naturaleza arisca como de mi escasa disposición a corregirme. En cierto modo él me hacía responsable de haber neutralizado su capacidad afectiva. Pero era una excusa tonta. Ventura tenía más pinchos que yo. Nadie había conocido jamás sus afectos. Ni su madre, de quien escapó recién iniciada la adolescencia para no regresar nunca, ni su padre, aquel hombre que andaba con los pies en acento circunflejo y al que no escuché ninguna palabra de afecto porque tenía el corazón tan mudo como Ventura. O sea que el cactus era él, y a mí no me engañaba. Yo temía que Marius heredara esos pudores ancestrales y acabara siendo un eslabón más de aquella terrible familia donde nadie quería a nadie y todos protegían sus sentimientos con gestos de desdén.

«Pinchas como un cactus.» En realidad la frase la inventé yo, surgió como un guiño de recién casados y empecé a usarla a raíz de nuestras refriegas nocturnas, de las que siempre salía con la barbilla irritada y llena de marcas. Ventura pinchaba de verdad, pinchaba porque los pelos de su bigote eran duros como alfileres, y algunas noches nos restregábamos tanto que yo tenía que ponerme pomada en la cara para evitar que me salieran rojeces. Poco a poco me acostumbré a no besarlo, a huir de su bigote, a rozarlo sólo con la punta de los labios y a disociar sus accesos pasionales de mis erupciones cutáneas. Me acostumbré, en fin, a quererlo con rutina, o incluso a quererlo poco, igual que él se acostumbró a mantenerme fuera de su vida y a dirigirme la palabra sólo cuando quería reprocharme que yo era como si fuese su verdugo y él era como si fuese mi víctima. Hasta que un día llegué a creérmelo. Ventura entraba y salía de casa como una sombra, miraba el correo, encendía la televisión, se asomaba al cuarto de Marius para ver si estudiaba y luego iba a la nevera, cogía una lata de cerveza, la rodeaba con la palma de la mano y regresaba al salón, siempre con *Rocco* pegado a sus pantalones. Allí se despatarraba en el sofá y hacía como que pensaba, pero seguramente no pensaba nada, ponía la mente en blanco y trataba de no verme a mí, que también iba por la casa como una sombra, mirándolo sin mirar, arrastrando las chancletas de lacitos que sonaban como unas castañuelas, renegando un poco por dentro y entrando en la cocina para comprobar que una vez más había dejado la puerta de la nevera abierta. Todo se repetía día tras día. Ventura no había hecho nada especial para que lo odiase, pero yo quería odiarlo porque sólo así justificaba la existencia de Leo. Mi odio era un odio por rachas, y había días que se me incrustaba en el cuerpo y no hallaba la forma de expulsarlo, en cambio otras veces era un odio como de aire, me daba pereza regodearme en él y hasta lo disfrazaba de cierta indiferencia para fingir. Puede que mi odio no fuera realmente odio, sino una simple manifestación de revanchismo que había anidado en mi matrimonio a partir de algún episodio ya olvidado.

Ventura se hacía el sordo. Quizás lo intuyera todo y esperaba que yo tomara una determinación, aunque eso aún no lo sabía entonces. Me hubiera gustado comprobar que detrás de aquellos silencios estaba yo, pero sobre todo me hubiera gustado oír una indicación suya y abrir de nuevo esa discusión que habíamos dado por terminada hacía ya mucho tiempo. Era el momento de hablar. Y no tanto para echarnos en cara las cosas de siempre como para encauzar el futuro de Marius, cuya actitud había precipitado mi comezón y me mantenía en una suerte de remordimiento permanente. Ventura sabía disimular. Yo no. Yo estaba infectada de temores, el pulso se me disparaba en todas las curvas del cuerpo y a ratos hasta creía notar que me fallaba la respiración. Marius conocía la existencia de Leo por una maldita carta, y yo no albergaba esperanza alguna de que me comprendiera. Estaba dispuesta a conversar con él y ofrecerle las explicaciones que menos pudieran herirlo, pero presentía que mis palabras iban a producir un efecto vano. Conocía su reacción de antemano. Lo imaginaba con la barbilla inclinada, la mirada fija en ninguna parte, los hombros arrugados y la frente contrita. Era la imagen de la claudicación. Muchas veces, cuando se daba por vencido, Marius aflojaba toda su estructura corporal y parecía un pollo deshuesado, un pollo como esos que encarga la asistenta a la carnicería, que le mete panceta, piñones, carne picada, huevo, todo muy apretado, hasta que se infla y en lugar de un pollo parece un queso. A continuación lo cose y lo pone al fuego, y después, cuando ya está bien hecho, lo deja enfriar durante veinticuatro horas con dos tomos de la enciclopedia encima, que por eso le llamo yo el pollo ilustrado, siempre son los mismos tomos, el de la A y el de la Z, que con el uso ya han adquirido una ligera pátina de grasa y tienen mucho sabor. Imaginaba, pues, a Marius como un pollito deshuesado, y yo a su lado embutiéndole palabras y gestos para ver si reaccionaba. También lo imaginaba girando el rotulador con los dedos y dedicándome gestos mudos mientras yo simulaba un comportamiento digno para sobreponerme al envilecimiento que produce la mentira. Yo no quería mentirle. Tampoco decirle toda la verdad, porque la verdad era demasiado dolorosa para contársela a un muchacho, pero mentirle no. La mentira siempre me había dado malos resultados y me aterraba pensar que Marius pudiera sufrir ahora sus consecuencias. En aquellos momentos yo no deseaba modificar la realidad sino sólo suavizarla un poco, hacerla más presentable para evitar un dolor que, desde fuera, era incapaz de evaluar. Nunca había hecho demasiado caso de esos estúpidos parlamentos con los que las familias bien avenidas castigan a la gente y según los cuales, los hijos de padres separados nunca asimilan la ruptura y se quedan tocados para toda la vida. En el liceo, yo misma había tenido alguna amiga cuyos padres estaban separados y, sin embargo, jamás me pareció que por eso se sintiera traumatizada o inducida a sacar malas notas. Lo que sucede es que Marius no era un chico cualquiera. Ni siquiera un poco normal. Marius era hijo único y a su fragilidad física unía un hermetismo que le impedía desahogarse. Yo tenía que procurar su desahogo, hacerle hablar aunque para ello necesitara invertir noches y días. Había pensado llevarlo a comer a una trattoria, o mejor a una hamburguesería, porque las hamburguesas es lo que más le gusta, especialmente las que llevan queso derretido y cuando las muerdes se estiran como el chicle. Entonces, tal vez mientras intentara despegarse de los dientes aquellos hilitos de queso, le diría que había pensado irme a vivir fuera, que las cosas con su padre no marchaban demasiado bien y que deseaba probar un proyecto de vida lejos, pero no demasiado lejos, es decir, nunca tan lejos como para separarme de él y de sus problemas. Evitaría las palabras contundentes y definitivas como «nunca», «siempre», «ruptura», «divorcio» o «adiós». También evitaría hablarle de Leo, aunque eso sería difícil pues tarde o temprano Marius me miraría con ojos de estar pensando «lo sé todo» y no quedaría más remedio que reconocer su existencia. Pero yo no le daría importancia, comentaría que Leo era una anécdota y en cualquier caso desviaría la atención hacia la necesidad de recuperar mis propias parcelas. Se trataba de comunicarle cierta sensación de provisionalidad, tiempo de reflexión, como dicen siempre los que se separan y no quieren reconocerlo, distancia, tranquilidad, nuevos hábitos. «Y en cuanto empieces la universidad, si todo sigue igual, vienes conmigo», añadiría cariñosamente tomándole de la mano, aunque bien pensado eso no podría hacerlo porque Marius se sonrojaría todo entero y la hamburguesa le bailaría entre las manos: «Mamá, por favor, no montes el número.» Para Marius cualquier expresión de afectuosidad era montar el número, y si alguna vez yo entraba por la noche en su cuarto y tenía la tentación de arroparle, me reprimía porque entre sueños él lanzaba un gruñido, como un grito de rechazo, y hasta *Rocco*, que estaba a sus pies hecho un ovillo, levantaba la cabeza hacia mí en señal de reproche. Marius, al igual que Ventura, tenía el corazón de hule y las emociones le resbalaban sin llegar a penetrarle. Al menos eso me parecía. De pequeño lo llevaba al colegio y siempre quería bajarse del coche unos metros antes de alcanzar la puerta principal, porque en la puerta principal se concentraban buena parte de sus amigos y ante ellos le daba vergüenza besarme. Pero yo le hacía rabiar y cuando estaba a punto de meter la primera marcha para emprender el regreso, bajaba el cristal de la ventanilla y lo llamaba a gritos. «Dame un beso de amor», le decía al acercarse, entonces Marius se ruborizaba mucho y, contrariado, simulaba que me rozaba con los labios, pero no me besaba, ni siquiera me despedía, sólo inclinaba el cuerpo y salía corriendo con la mochila a rastras. Un día que fue de excursión a la nieve yo lo acompañé de buena mañana al autobús y en el camino él me advirtió muy serio: «No digas delante de nadie que me lave los dientes, ni que coma de todo o que me cambie de calzoncillos.» Marius ya era implacable a los diez años, se negaba a comer durante días y luego nos hacía polvo con sus observaciones. Me reprimí y no dije nada, pero desde entonces supe que me estaría prohibido expresarle mis emociones y tratarlo como el cuerpo me pedía que lo tratara. Ahora, varios años después de aquel incidente, sigo preguntándome qué lugar ocupo en su corazón y cuántos desplantes me quedan aún por sufrir, pero no me resigno a perderlo y en la quietud de algunas noches plácidas sueño que nos reencontramos al final del camino y que me da las gracias por haber vigilado su asma, por reñirle cuando saca malas notas y, en definitiva, por ser quien soy y amarlo como le amo.

Loreto le trajo a Marius unos prismáticos. Loreto es su madrina y de vez en cuando se despacha con regalos generosos que él mira de reojo sin agradecer apenas. Lo hace en Reyes, en su cumpleaños y cuando le da la gana, porque a Loreto le gusta recrearse en su condición de madrina que saca de quicio a Ventura. He de decir aquí, en honor a la verdad, que Ventura nunca quiso bautizar a Marius, y si cedió fue por consideración a padre, que sufría sin decirlo y pensaba que su único nieto iba camino de convertirse en un desheredado. Cuando lo bautizamos tenía ya quince meses y Loreto le compró un conjuntito inglés, con unos bombachos y una blusita de cuello redondo y la pechera llena de jaretas. Parecía un principito. Fue un bautizo un poco raro, porque el niño no paraba de moverse y todo el rato se le salía la blusa del pantalón. A mitad de ceremonia empezó a llorar y yo le di unos azotes para que se callara. Poca cosa, apenas un par de palmadas en el culo. De pronto, cuando ya parecía que se había calmado, nos envolvió una vaharada fétida, potente, y el cura frunció la nariz sin disimulo alguno. Marius se había hecho caca. Loreto sacó del bolso un paquete de kleenex, mojó varios pañuelitos en colonia y se puso a restregarlos por todas partes con afán de limpiadora. Ventura estaba muerto de la vergüenza y yo miraba a padre sin saber dónde meterme. Loreto, que como era habitual en ella, se había atribuido el papel de organizadora, supo quedar bien y le pidió perdón al cura mientras nos dirigíamos al claustro para hacernos la foto de familia. De ahí salimos todos hacia casa porque la fiesta se había precipitado y Marius llevaba el pastel bajo su pantalón de principito.

Loreto se ha pasado la vida intentando resolver los problemas que desata el carácter conflictivo de Marius, sobre todo su inoportunidad, y a mí me recuerda el día del bautizo y pienso que sigue repartiendo pañuelitos de papel entre todos para aliviarnos el imprevisto. Marius y Loreto no se llevan ni bien ni mal, yo incluso diría que no se llevan, porque es una relación unilateral que se nutre exclusivamente de los regalos de Loreto y que no halla compensación alguna por la otra parte. «Te excedes con él —le dije cuando trajo los prismáticos—; estás acostumbrándolo a recibir demasiado sin dar nada a cambio.» Estaba yo en el cuarto de baño y me disponía a maquillarme un poco para ir a la agencia. Loreto, después de permanecer unos segundos apoyada en el umbral de la puerta y observándome, entró en el baño, se remangó las faldas y tomó asiento en la taza. Lo hacía siempre. Le encantaba orinar en compañía. Ella me hablaba y yo la veía a través del espejo, sentada detrás de mí. Era una imagen muy repetida a la que aún no he logrado acostumbrarme. Aquella tarde recurrimos a Marius porque así evitábamos hablar de ella y de Charo. Loreto sostenía que Marius era un chico muy normal y que el único desajuste lo constituía su relación conmigo. Es decir, que la anormal era yo. Eso no lo decía pero lo pensaba, como yo pensaba que Loreto se había vuelto un poco parecida a Marius y a Ventura. Los tres se manifestaban en versiones similares y los tres se habían confabulado para llevarme la contraria. Ella estaba algo tensa, yo lo sabía, pero se esforzaba por aparecer conciliadora. Loreto meaba sin ruido, oronda como una berza, mientras yo escuchaba su lento discurso. Quise lanzarle alguna indirecta para que me hablara de su situación, pero rechazó la oferta. En realidad Loreto estaba asustada de sí misma y sin duda buscaba alguna razón para justificarse. De vez en cuando pronunciaba consignas abstractas a las que yo atribuía muchos significados, frases como «la vida es muy complicada», «todos tenemos problemas» o «nunca se termina de cambiar a los ojos de los demás». Pero yo espantaba de mi cabeza la idea de Loreto, y no tanto porque la condenara sino porque me sentía ajena a ella. Si Loreto se hubiera mostrado receptiva a mis insinuaciones, yo le hubiera correspondido hablándole de Leo y de mi futuro, pero ella esquivaba la conversación, me dedicaba miradas autosuficientes a través del espejo y regresaba al tema de Marius una y otra vez. Charo había dejado de ser nuestro punto de encuentro para convertirse en el tema prohibido. Charo era intocable y su mención me hubiera provocado un largo sonrojo. De Charo lo esperaba todo, porque nada en ella me resultaba chirriante ni forzado. A Charo la había conocido escapándose del colegio a los ocho años y desde entonces estaba preparada a no sorprenderme jamás con ninguna noticia que viniera de ella. No es que Charo fuera homosexual, al contrario, Charo lo era todo, homosexual, bisexual, heterosexual o pansexual. Charo, en fin, era un poco de cada cosa, especialmente un poco excesiva, porque en todas las relaciones ejercía un protagonismo dominante y arrollador. Yo le hubiera dicho a Loreto que no se fiara de Charo, cuando en realidad habría tenido que decirle a Charo que no se fiara de Loreto. Mi hermana tenía mala conciencia y me lo confirmaba con su perverso silencio. Charo en cambio no tenía conciencia, ni buena ni mala. Charo era puro impulso vital, pura generosidad física. Entre medio de las dos estaba yo, atrapada de incógnitas y deseando sosegar mi intranquilidad con el remedio de Leo. Sólo él podía devolverme la confianza.

Loreto se incorporó de la taza y me pidió colorete y una brocha. Estaba algo pálida y tenía las aletas de su nariz como desmayadas. Yo le ofrecí mi bolsa de pinturas. En ese momento me miró a los ojos y murmuró casi silbando: «Estás rara, Fidela, estás muy rara.»

A las diecisiete treinta de un día de noviembre, crucé la ciudad de parte a parte, como cruza un cuchillo el corazón de una sandía, y me adentré en aquel barrio innombrable cuya única referencia era Leo. Parapetada entre el amor y la urgencia, no olí la humedad del bulevar, ni vi las lenguas de asfalto metiéndose en los túneles, ni sentí sobre mi rostro las señales del prematuro invierno. Tampoco puedo precisar si había colegiales enfundados en sus chubasqueros, ancianas que dibujaban las aceras con andar menudo o vendedores de quincalla al borde de la tarde. Mi única idea era Leo y caminaba hacia ella sin hacer caso de nada. En las últimas horas nuestros planes se habían torcido y estaba ansiosa por recuperar el tiempo perdido. Una llamada de la agencia, requiriéndome para un encargo publicitario, me había hecho posponer mi cita diaria con Leo. Sin embargo, contrariamente a lo que era habitual, la entrevista con el director de la agencia se resolvió en apenas tres cuartos de hora y yo me fui al hotel de Leo con toda la ilusión de la sorpresa en el pecho.

Nuestros encuentros estaban sujetos a imprevistos,

pero eso nunca era motivo de tensión. Leo también tenía asuntos pendientes en la ciudad, reuniones de las que no me hacía partícipe, citas de trabajo en su embajada, almuerzos de trámite y cuestiones rutinarias que apenas contaba para no aburrirme. Tampoco yo mostraba mayor interés en conocer aquellas actividades. Alguna vez me había hablado de ellas pero, dada mi dificultad para comprenderlas, preferí quedarme al margen y ceder el tiempo en beneficio del amor. Nuestras relaciones se habían despojado así de curiosidades superfluas y raramente cedíamos a la tentación de hablar de algo que no fuéramos nosotros mismos. Digamos que el lenguaje nos distraía. Estábamos, pues, concentrados en el amor y sólo utilizábamos las palabras para avivar el delirio casi religioso de la pasión entre sábanas. Una vez explosionados, nos entregábamos a una ternura muda. Él me acariciaba con suavidad el cabello, sumergía sus dedos en la base de mi cráneo y era capaz de estar así largo rato, hasta que me quedaba hipnotizada por el dominio de su sensualidad. Hablar en tal circunstancia hubiera sido un sacrilegio. Estando así yo no necesitaba saber nada: su entrega era la mejor respuesta a mi curiosidad. ¿Para qué perturbar aquellos sublimes momentos con interrogatorios prosaicos? Yo conocía el resultado de esas mutuas prospecciones tras el fogonazo del amor. Me había sucedido con otras parejas ocasionales. Uno de los dos empezaba pronunciando teorías sobre la fidelidad y terminaba pidiendo cuentas del día a día matrimonial. No era el caso de Leo. Su mujer había dejado de preocuparme. Leo vivía casi separado de ella y evitaba mencionarla cuando estaba conmigo. Eso, que en principio había contribuido a fomentar mis sospechas, acabó por parecerme un detalle de buen gusto. De sus tres hijos supe lo necesario, como él también supo lo necesario de Marius, aunque en cierta ocasión se atrevió a opinar que su conducta era una reacción lógica a mis instintos posesivos. Bien mirado no fue una opinión sino una sentencia. En el fondo, Leo era doctrinario y tendía a contemplarlo todo desde supuestos ideológicos que mi conciencia crítica encajaba con risas. Nuestras escasas discusiones, en lugar de enfrentarnos, alimentaban una euforia que terminaba siempre en la cama. A veces yo pensaba que su pensamiento desobedecía a su cuerpo, porque su cuerpo, especialmente a la hora del amor, gozaba de una autonomía total y parecía un cuerpo rebelado contra las ideas y contra todas las doctrinas del mundo, incluidas las de los hijos únicos. El cuerpo de Leo era una explosión de hedonismo difícil de entender en alguien como él, sometido a tantas disciplinas y rigideces. A menudo yo le decía, riendo, que su masculinidad merecía ser distribuida entre muchas mujeres. Pero mentía. Yo no quería compartir a Leo con nadie.

Ya en la recepción del hotel, el conserje me notificó que Leo acababa de salir. Pedí la llave de nuestra habitación (esta vez, para no sufrir ningun sofoco, habíamos reservado una habitación doble) y recogí un sobre que él había dejado en el casillero. Le esperaré arriba, pensé, así se llevará una sorpresa. Aquella tarde el hotel me pareció más cálido que otras tardes. Las moquetas de flores marrones, los ceniceros de cuello largo que había junto a la puerta del ascensor y a lo largo del pasillo, esos cuadros renovados —en otra época debieron de ser cuadros rebosantes de prados, pero alguien con un disparatado criterio de la modernidad los había sustituido por láminas de trazos confusos—, las puertas gruesas, o el ruido del patio interior sobre el que resbalaba una luz gris y repetida, todo eso, digo, era cálido y personal, porque formaba ya parte de mi paisaje diario y no necesitaba recrearme en su contemplación para identificarlo. Al salir del ascensor la moqueta se reducía a una alfombra alargada y las flores no eran flores, sino lazos barrocos cuyos perfiles estaban muy desgastados por las pisadas de los años. En algunas zonas incluso había desaparecido el dibujo y clareaba el suelo. En el distribuidor había una consola con una escultura tipo *Victoria de Samotracia* pero con cara y ojos, y sobre la escultura, unos indicadores con flechas rojas para facilitar la situación de las habitaciones. De la ciento uno a la ciento veintidós, hacia la derecha. De la ciento veintitrés a la ciento cuarenta, hacia la izquierda. Yo iba siempre hacia la izquierda, dejaba a mi espalda la consola con la escultura alada, un enorme paragüero de falso cobre y la puerta de entrada a un saloncito lúgubre que no cumplía ninguna función. Hasta el mínimo detalle estaba clasificado en mi intimidad, la moqueta de la recepción y la moqueta de los pasillos, el trecho de camino hasta llegar a la habitación, el llavero de la ciento seis, su peso aproximado, unos doscientos gramos, el tacto de los números troquelados, un uno, un cero y un seis, y la bola metálica que pendía de su extremo. Maquinalmente metía yo la llave en la cerradura desbocada, abría la puerta, y en seguida me devoraba el universo de Leo, una bocanada hecha de múltiples sensaciones: la suave acidez de su sudor, la espesura del tabaco arrojado de sus pulmones, la huella de una ducha precipitada, caliente, y el punto amaderado de su colonia, que era una colonia que a mí me olía a cedro, sin saber previamente cómo olían los cedros.

Todo estaba revuelto, porque Leo era más desordenado que yo y jamás guardaba las prendas en el armario. En la mesilla se habían amontonado, con el paso de los días, más papeles, facturas, planos, cartas, recortes, números de teléfono anotados en el margen de un periódico, paquetes de tabaco vacíos y un libro abierto y aplastado de morros contra el cristal. Leo era así. Había dejado sobre la butaca una camisa blanca que parecía su segunda piel, con las mangas abandonadas sobre el reposabrazos y el pecho abierto de par en par. A Leo le gustaban las camisas blancas sin corbata, los jerseys de cuello vuelto, la vieja gabardina cruzada. Conservaba ese viejo aire de Montand que me había cautivado en nuestras primeras citas, pero con el tiempo su propia personalidad había logrado distraerme del juego evocador y ahora Leo ya no se parecía a nadie salvo a sí mismo. Su atractivo no estaba tanto en los rasgos como en su personal forma de mostrarlos. A mí me gustaba su cuello, espeso y cuadrado, su mirada picajosa, su perfil irrepetible y sus manos hábiles. El pliegue de su estómago sobre la cintura, que en cualquier otro hombre hubiera adquirido la categoría de simple michelín, en él constituía una gracia anatómica, un exceso premeditado y lascivo. Pero cuando más me gustaba Leo era sin duda cuando salía de la ducha, con la cabeza mojada y los hilillos de agua resbalándole por el cuello. Tanto me gustaba que a veces me sentía provocada, hacíamos de nuevo el amor y él tenía que volver a ducharse.

Me dispuse a organizarle un poco la habitación aprovechando su ausencia. Tenía la sospecha de que Leo censuraría ese ataque de hacendosidad por mi parte, pues delataba así cierta emoción de esposa abnegada, y yo era cualquier cosa menos una esposa abnegada: a mí no me gustaba hacer las camas, ni doblar los jerseys para ponerlos en los cajones, uno encima de otro, tampoco me gustaba quitar la mesa y fregar la cocina después de cenar, con restos de comida por todas partes, lo único que me gustaba un poco, sólo un poco, era planchar, porque la ropa planchada olía a limpio y mientras planchaba me hacía a la idea de estar anunciando el aroma del hogar, que es una cosa muy decadente. Sin embargo, no seguí mi intuición y con un primor casi místico me lancé a colocar la ropa en el armario, bien calzada en las perchas, vacié los ceniceros, abrí la ventana para ventilar el cuarto y ordené la mesilla, poniendo cuidado en no desbaratar sus papeles, porque si Leo era como Ventura se molestaría al encontrar los papeles cambiados, y si era como yo también, pues en casa no soportaba que la asistenta limpiara la mesa del estudio y devolviera los libros sueltos a la librería: ella siempre los colocaba en el lugar que no les correspondía y luego no había forma de encontrarlos. Será que lo has prestado, decía Ventura cuando me veía subida en la escalera buscando un libro con desesperación, será que lo he prestado, respondía yo, pero yo sabía que no lo había prestado y continuaba buscando como una enloquecida, hasta que al final lo dejaba, cansada de tanta desesperación, y un día, cuando ya no necesitaba el libro, aparecía en el sitio más inesperado y yo decía, no es posible, si aquí he mirado trescientas veces. Pero era posible.

En el cajón de la mesilla, junto a un pasaporte y algunos dólares, había un paquete envuelto en una bolsita de plástico. Lo cogí y ante mi sorpresa comprobé que se trataba de un paquete de preservativos. Qué cosa más rara, una caja de preservativos, pensé. Leo no usaba preservativos conmigo y me sentí momentáneamente contrariada. Qué cosa más rara, volví a pensar. La contrariedad se transformó en sospecha cuando vi que en la bolsa de plástico figuraba la dirección de una farmacia próxima al hotel. Empujada por una incontenible curiosidad, abrí la cajita y conté los preservativos, que a simple vista parecían chicles. Faltaban dos. Uno y dos. Si mis cálculos no fallaban (y no podían fallar porque eran evidentes), Leo había comprado los preservativos para utilizarlos con alguien que no era yo. Entonces la cosa rara me sobrepasó.

Primero fue el morbo, después la desazón y por fin el dolor, que se agarró a mis entrañas como un parásito. Hundí la cabeza en la almohada y mi rabia fue poblándose de imágenes de mujeres sin rostro, mujeres que compartían a Leo conmigo y a las cuales sin duda pertenecía alguno de los matices que componían aquel olor plural y abotargado. Histérica, busqué restos de presencias ajenas, cabellos rubios en el lavabo, toallas mojadas por partida doble, huellas de maquillaje, algo. Estaba obsesionada y lo husmeaba todo con una inquietud perversa, como si hubiera perdido el juicio. Era tal mi insistencia que cualquiera hubiera podido pensar que deseaba encontrar la prueba definitiva. De nuevo corrí hacia el armario, descolgué una por una las prendas de las perchas y las arrojé al suelo después de escudriñarlas minuciosamente. Hurgué también en la maleta, en los papeles de la mesilla, en una pequeña bolsa de mano con el anagrama de una compañía aérea que tenía las letras pintadas de color azul. No hallaba nada pero también lo hallaba todo, porque en todas las pertenencias de Leo había sutiles indicios de traición, puntos suspensivos que conducían a un montón de interrogantes. ¿Por qué Leo me engañaba? ¿Por qué había tenido necesidad de mentirme hasta el extremo de pedir que me fuera con él? ¿Y yo? ¿Qué había hecho yo para provocar que fingiera? ¿Acaso le había exigido quererme? ¿O todo era una maniobra de venganza por mis acosos telefónicos? ¿Por qué no me lo había dicho? ¿Y por qué había venido? ¿Por qué correspondía a mi entrega con engaños? ¿No le proporcionaba yo, como tantas veces me había dicho, los mejores orgasmos del mundo? ¿Hasta dónde pretendía llegar con su simulación? ¿Qué extraña causa le impulsaba a retenerme? ¿Era un sentimiento de frustración el que me embargaba o eran de nuevo los malditos celos? ¿Pero tan malo era ser celosa? ¿Por qué me estaba prohibido tenerlo a él si él me tenía a mí? La idea de Leo martilleaba en mi cabeza como una horrible migraña. ¿Empezaba a volverme loca o la locura era lo que me había mantenido ciega hasta entonces? ¿Quería llorar, desmayarme, esperar que llegara, pedirle explicaciones, volver a llorar...? ¿Qué quería? ¿Dónde estaba Leo? ¿Dónde estaba yo? ¿Dónde estaba el amor que decíamos profesarnos?

Se lo había escuchado a Charo hacía tiempo: el amor es una enfermedad, una patología que nos erosiona abruptamente por dentro. Yo no quería enamorarme, nunca lo había deseado. Con razón cruzaba los dedos. La premonición del amor siempre me asustaba, y ante su amenaza revivía alguna herida de mi juventud, en especial la herida de Ventura, que supuró durante mucho tiempo. Ventura me había dolido a través de varios hombres en los que había intentado refugiarme con escaso éxito. La mayoría de mis historias sentimentales, sin embargo, habían sido episodios antojadizos, forcejeos eróticos de los que siempre había salido indemne. Ahora empezaba a purgar mi naturaleza antojadiza y rápida, esas ansias de extravío que a menudo me habían llevado a sumergirme en lechos anónimos. Nunca debí bajar la guardia. Nunca debí creer las palabras de Leo. Nunca debí mirar su perfil. Nunca debí saborear su boca. Cuando más inmunizada me creía apareció él, tan alejado del resto de los hombres, tan voraz, tan aparentemente inofensivo, y su capricho doblegó al mío. No tenía justificación. Pero yo me lo había buscado.

Con la cabeza entre las manos pensaba que todo había sido una farsa, un simulacro de felicidad, y la rabia horadaba mi ánimo como un berbiquí. Me sentía desmantelada, exhausta, incapaz de articular una reflexión coherente ante Leo. Había decidido esperarle, así que hice acopio de fuerzas, me senté en la butaca e intenté combatir mi natural tendencia al catastrofismo repitiendo entre dientes una serie de consignas para sosegarme: tranquila, relaja los brazos, respira hondo, piensa que te pesa el brazo derecho, y ahora el izquierdo, el brazo derecho te pesa, te pesa el brazo derecho, el brazo derecho te pesa, y el brazo izquierdo, te pesa el brazo izquierdo, el brazo izquierdo te pesa, el brazo izquierdo te pesa, te pesa el brazo izquierdo, te pesan los dos brazos, el brazo derecho, el brazo izquierdo, el derecho, el izquierdo, todo te pesa... No fue posible. Según avanzaban los minutos la asfixia se apoderaba más y más de mí. Era ya una asfixia absoluta, totalizadora, que no concedía ni un resquicio a la razón. Si Leo me hubiera visto en aquel momento hubiera abominado de mí. Con la dignidad desahuciada, me arrastré hacia el cuarto de baño. Di la luz y contemplé el albornoz que había abrazado pocas horas antes. Mientras me lavaba las manos, todo mi cuerpo acusó un temblor como parkinsoniano. Allí, en la repisa del cuarto de baño, estaba el *after shave* de Leo, el cepillo de dientes algo gastado asomando por la boca de un vaso junto a la pasta dentífrica y una cuchilla desechable. También estaba el peine de carey y esa colonia que olía a cedros y que tantos viajes le había proporcionado a mi estúpida imaginación. En el espejo, mi rostro reflejaba la rabia contenida. Tenía la boca apretada, el pelo loco y la mirada como a punto de quebrarse. No había derramado una sola lágrima, pero era un rostro abofeteado por el dolor y la degradación. Necesitaba a Leo. Necesitaba incluso sus engaños. No me hubiera costado nada quedarme allí para pedirle de rodillas que negara los preservativos y siguiera amándome y mintiéndome. Estaba atrapada en sus poderes.

Era el preludio de la tristeza. Entonces aún no comprendía que el desamor me estaba pasando a mí. Tampoco lo comprendería más tarde, pero más tarde no fui yo quien tomó las riendas de mis decisiones sino la mujer de mis sueños, esa otra Fidela que habitaba en mi cabeza y se apoderaba de las noches. Dely volvió a existir y actuó por mí, que no existía en ninguna parte y sólo era un cuerpo latiendo al ritmo de la obsesión. Ella quería alejar a Leo y yo no me dejaba, yo quería sufrir, hurgar en la herida, avivarla hasta que no pudiera más y reventase, emborracharme con el sufrimiento, lamerme como un perro, mendigar un poco de compasión, todo eso que hacen las personas cuando no son personas ni quieren serlo. Y la cabeza se me nubló. Fue como una llama negra que salió disparada del pecho hacia arriba, un acceso de pánico similar al que había sufrido en el avión, en el teatro, en la peluquería cuando estaba llena de gente, en los almacenes sin ventanas o en los hoteles grandes y con pasillos complicados que te llevan muy adentro. Volví a intentarlo: me pesa el brazo derecho, el brazo derecho me pesa, me pesa el brazo derecho, el brazo derecho me pesa, y también el izquierdo, el brazo izquierdo me pesa, me pesa el brazo izquierdo, el brazo izquierdo me pesa, me pesa el brazo izquierdo, los dos brazos me pesan, me pesan los dos brazos, el izquierdo y el derecho, primero el brazo derecho, después el izquierdo, los dos brazos me pesan. Devolví la llave en conserjería y me fui caminando por el bulevar. Se había levantado mucho viento y mi cara lo agradecía. Igual que a un borracho le sumergen la cabeza en agua para despejarlo, yo sumergí mi pensamiento en el viento afilado del invierno para aliviar el sofoco. Hubiera deseado correr, gritar, parar un taxi y regresar a casa, pero no lo hice. No corrí, no grité, no paré un taxi, y tampoco volví sobre mis propios pasos para refugiarme de nuevo en el hotel. Devoré aire, más aire del que podían albergar mis pulmones, y seguí caminando durante largo rato, deteniéndome en algunos escaparates y contemplando a la gente que hablaba sola como yo. Tenía las orejas calientes, la boca seca, el latido del corazón acelerado, las manos todavía algo temblorosas. Me vino bien el paseo. Sobre todo le vino bien a mi cabeza. No es que hubiera dejado de pensar en Leo, pero la dispersión física, los movimientos contundentes, la energía que ponía en marcha cada vez que adelantaba un pie sobre otro, me ayudó a mitigar los pensamientos.

Pasé por delante de una floristería y entré. Era una floristería grande atendida por dos o tres dependientes, alguno de los cuales llevaba un mono azul lleno de bolsillos. Más que una floristería parecía un jardín botánico, porque las plantas se desperdigaban por el suelo y había que caminar haciendo eses para no tropezar con ellas.

Ahí mismo, junto a la puerta, vi montones de crisantemos, orondas pinceladas de muerte que habían llegado con las hojas del calendario. Crisantemos blancos, amarillos, crisantemos flácidos para honrar a los difuntos que esos días se incorporaban de sus lápidas y por la noche venían a hacernos cosquillas en los pies. Elegí diecisiete crisantemos amarillos, uno por cada mes que había decidido enterrar. Los acaricié como se acaricia el cuerpo muerto de alguien querido antes de hundirlo bajo la tapa del ataúd, y le pedí al dependiente que los llevaran a la habitación ciento seis del hotel Cambridge con un gran lazo negro. No dejé tarjeta, ni frase de despedida, ni rúbrica. No dejé nada, salvo el aliento de la pena en los contornos macilentos de las flores. A la salida, mientras derramaba las primeras y únicas lágrimas, noté una extraña sensación de alivio. El dolor sabía a mermelada.

NOVELAS GALARDONADAS
CON EL PREMIO PLANETA
—